# annie proulx

bad dirt wyoming stories 2

懷俄明州故事集2

# 惡土

安妮·普露

宋瑛堂——譯

MASTER PIECE 103

大師名作坊

謹獻給瑪菲、強、兒媳蓋兒、吉里斯與摩根

目次

# 感謝

有關野牛比爾失傳的影片《重建印地安之戰實況》，資料來源是懷俄明大學美國傳承中心的助理檔案保管員古諾（Anne M. Guzzo），特別在此感謝她。另外也要感謝位於科迪的馬克萊肯研究圖書館的野牛比爾歷史中心圖書館員克萊摩（Frances B. Clymer）；對此一主題感興趣的聖塔菲畫家布雷德利（David Bradley）；洛杉磯的電影界人士林達・高斯坦－諾頓（Linda Goldstein-Knowlton）與唐・諾頓。有關懷俄明漁獵部現地工作的資訊最感謝洛克伍德（Ron Lockwood）提供，他也對法規、逮捕程序、野生動物保育解釋甚詳。另外，許多牧場主人、牧場工、環保人士、考古學家以及旅人也慨然相助。我也感謝懷俄明大學的柯伊（Coe）圖書館一直是實用資訊的藏寶地。

聽說，能活在這個理想的世界真好，我卻不相信自己真的有機會待過理想的世界。

——史塔克維德*於一九五八年的告白

*譯註：史塔克維德（Charlie Starkweather, 1938-59），美國殺人狂魔，最後在懷俄明州落網。電影《閃靈殺手》的主角。

# 地獄窟

十一月某日傍晚，懷俄明漁獵管制員魁爾．吉蒙金斯基在逐漸昏黃的天色中走過擰臀排水區，最後幾脈日光在他蓄著紅鬍的臉上染上幾抹火紅。此處地勢陡峭，高處是柱松[1]的天下，較低坡則是遍地鼠尾樹叢與幾片青草地。麋鹿往東南冬徙時，偏愛青草叢生的路線。視野偶爾開朗的時候，他能瞧見自己的小卡車與運馬拖車，在山下遠處的砂石迴車道閃爍著反光。他以極緩的速度騎馬，歌頌著大喬霸的事跡：「……他是後衛之光，當年的風雲人物」[2]。馬前步行的人是違法狩獵者，被魁爾碰上時正在掩埋一頭母麋鹿的內臟。這名男子的全地形車（ATV）上載著麋鹿的臀腿，其餘的屍骨則被棄置荒野，任其腐爛。

「這裡屬於環保禁獵區，」魁爾說。「讓我看看你的狩獵許可證。」

這名紅光滿面的長者上下拍著口袋眾多的打獵夾克。這件夾克是新的，標價仍附在後底邊的褶縫上，在枝葉中一閃一閃，湊巧被魁爾瞧見。此時老人掏出皮夾翻找著。

魁爾．吉蒙金斯基一面等候，一面拉長耳朵聆聽他不想聽見的聲音。

老人翻找許久後遞出一張長方形的硬紙片。是張名片，上面註明了幾組電話號碼與沙特爾大教堂的縮圖，中間則印了

傑福德．J．培克[3]牧師

Persia教區

「Persia？什麼地方？」魁爾想到的是今名伊朗的波斯，因爲他沒見過三二三的電話區域代碼。他好像聽見了遠處傳來的可怕聲響。

「發音是波——西——亞，在加州，」牧師以鼻音大聲糾正。

「這地方是你的教會？」魁爾細看著縮圖。沒錯，在下坡青草地最下方，就在長了一叢柳樹之間，傳來了麋鹿孤兒的悲鳴。

「畫得很像。」

「像歸像，和打獵許可證比起來可差得遠呢。」他這話的語氣變得十分冷酷。這位牧師有所不知，懷俄明州的漁獵部聘有五十三名管制員，他碰上的這位最痛恨濫獵麋鹿的行徑，因爲孤苦無依的小麋鹿從此被迫在掠食者橫行與惡劣天候中苟延殘喘。魁爾．吉蒙金斯基本身也是孤兒，父母過世後，他投靠居住營地鎮的姨丈家。然而，由於他蹺課成習又交友不慎，最後因擅闖私宅被移送聖法蘭西斯少年之家接受感化教育。上蒼有失公平令他憤慨激昂，他也對個人境遇充滿顧影自憐的感嘆，因此每次一逮到惹麻煩的機會絕對不放過。眼看他即將從少年之家畢業，進入位於羅林斯的州立監獄深造，這時卻殺出了一位年邁的漁獵管制員，適時插手遏止。

管制員歐萊恩．洪快克[4]的童年悠遊暢快程度無人能比。他有三名兄長，四兄弟成長於蛇川的野牛叉鄉野，周遊北美大陸，於一九三○與四○年代在熊牙山脈與野牛高原的蠻荒露營、騎馬、狩獵。二次世界大戰後，倖存返國的兩名兄長繼承了家庭牧場，歐萊恩則進入位於樂壤彌的大學就讀，成了洪快克家族的首位大學生，取得生物學士學位，畢業一星期後進入漁獵部工作，終生未曾跳槽轉業。

兩人結識時，歐萊恩年近六十，魁爾．吉蒙金斯基年僅十四，當時歐萊恩在法院門口拾階而上，魁爾則由兩位少年戒護官陪同，磨蹭著腳步下階梯，愁苦的臉孔糾結成一團。老少擦肩而過時，魁爾踹了歐萊恩的腳踝，假笑一陣。兩名戒護官見狀將魁爾向上架起，將他推擠上一輛老舊的麵包車，車子一側漆有聖法蘭西斯少年之家的字樣。

「那小鬼是誰？火氣這麼大。」歐萊恩詢問的對象是在階梯頂端透氣的郡警。

「聖法蘭西斯的小朋友。那邊多的是這種兇巴巴的小雜種。」

半小時之後，法庭判定歐萊恩緝獲的盜獵者「藐視罰單規定」，歐萊恩旋即驅車下鄉尋找聖法蘭西斯。這所少年感化院是棟石造樓房，外觀淒涼，孤零零地聳立在大草原上。他隱約看見一座凹凸不平的棒球場，也看見一座無籃網的籃球架，附近則有一棟附屬建築，門上歪斜地掛著洗衣間的招牌。這裡沒有圍欄，沒有暫留牲口的圍場，沒有穀倉，沒有花園，極目所及全無山景。

「把男生送來這裡又有什麼搞頭？不無聊得發慌才怪，」他自言自語。他繞了少年之家一圈，並沒有人上前盤查。接著他走回卡車，發動離去。

回到辦公室後，他致電少年之家的負責人暢談許久。事隔兩個週六，身穿紅襯衫制服的歐萊恩坐在折疊椅上，與十一名不時碎動的男孩共處清冷的房間內。這些男孩的年齡從十四到十七不等，其中一人就是魁爾・吉蒙金斯基。

「小朋友啊，」他對著刁鑽的馬匹講話時就是這種口氣，「我曉得你們很多人從小沒爹娘，自認天生歹運，享受不到家庭的溫暖。只不過，其實有相同遭遇的小孩數都數不清，人家還不是自力更生，活得好好的？長大後還是變成堂堂正正的國民，在社會上打拚出一片成就。我找大家來的目的是想告訴各位，你們其實稱不上是孤兒。你們誕生在這片美好的蠻荒大地，如果能讓老家懷俄明和野生動物代替親生父母，讓這片大地來養育你們，日子會好過一些。我會幫你們介紹新父母。我們會一起上山遠足，如果有誰不貢獻一點心力，下一次就別想跟來。」

「你是說，你要我們認野鹿做爸爸媽媽？」發問的男孩長了一副南瓜臉，初生的鬍鬚如桃子表皮的細毛。

「這樣講也對。你們可以從野鹿學到不少東西。」

「鳥類行不行？我想認老鷹當爸爸，」克羅斯曼領悟到了重點。

「你呀，認臭鼬比較速配吧，」魁爾雖這麼說，大家卻紛紛開始挑認心儀的動物當親戚。

一名皮包骨的印第安混血兒說，「有馬可以騎嗎？」

「啊哈！你叫什麼名字？拉孟？問得好。以前的人嘛，摩擦摩擦神燈，就有個精靈探出燈嘴來，然後直接對精靈說，『牽幾匹好馬過來吧，』可惜神燈現在已經很少見了。我得去張羅幾匹馬來讓大家騎騎。到時候我牽來的馬可能不是什麼好馬，不過你說得對，馬一定用得上，就算是騾子也好。我會負責去張羅張羅。」

他送每人一張懷州地圖，講解了大角山脈、日光盆地、童年時的野牛高原、風河山脈、妥果提埡口、綿羊山、麋鹿山、藥弓山脈。歐萊恩提及叉角羚、山獅、大麋鹿、美洲獾與草原犬鼠，以及鷹與隼、野雲雀。他說，佔地遼闊的黃石公園多半在懷俄明境內，健行的地點絕對少不了黃石公園。他也送每人一本野生動物指南《懷俄明之哺乳類動物》。

近黃昏時，少年之家的負責人過來敲門，以粗魯的口氣對眾男生說，「好了，向管制員道謝道別，按照規定你們該去運動了。司旺斯特老師在體育教室等你們，還不趕快動作！」

魁爾以手肘頂了一下克羅斯曼的肋骨，悄聲說，「有眼不識泰山嘛，竟敢跟麋鹿王的兒子嗆聲。」

「是啊，竟敢跟金鷹王子嗆聲。」

「後面那兩個給我閉嘴，趕快跟上。」負責人對歐萊恩說，「這些小鬼頭的個性很硬，你大概管不住吧。」

「應該也很會惹麻煩，我猜，」歐萊恩以慣用的輕柔語氣說。

那天晚上就寢時，將《懷俄明之哺乳類動物》與地圖壓在枕頭下的人不只魁爾一個，而聖法蘭西斯之家的少年日後從事保育野生動物的也不只他一人。

「什麼！狩獵許可證！沒搞錯吧？我堂堂一個神職人員，鄉下的漁獵管制員通常只親切點點頭就讓我走了，」培克牧師以鼻塞的聲音咆哮。

「那一定是在加州。牧師先生，這裡是懷俄明州，規矩不一樣。好了，你往這條路走下去，我跟在你後面，待會兒再開一張盜獵的罰單。」魁爾發覺這人難以理論。

牧師先是怒火衝冠地抗議十分鐘，隨後假裝抽噎，懇求魁爾允許他把車開下山，因爲他有病在身。魁爾不爲所動。

「什麼病？你看起來好端端的嘛。」

「什麼！你該不會是醫生吧？」他大罵。「我有心臟病！而且瘸了一條腿！還得了腎炎！」

魁爾只是等著，最後培克牧師終於開始下山，每隔大約五分鐘回頭對魁爾簡潔說教一番，夾雜許多難以入耳的字句。魁爾注意到牧師瘸的腿不停左右交換。假冒瘸腿想必很吃力。魁爾騎在名喚「鈍刀」的灰黃閹馬上，每隔一段時間催促鈍刀向前多跨一步，以便頂一頂牧師。

離開草地時，麋鹿孤兒的哀嚎聲加劇，聽了令人不捨。魁爾喃喃說，「小子，希望你挺得過去，」卻心知牠存活的機率渺茫。下山一半時，魁爾忽然喊停。

「回頭上山，」他說。

「什麼！」牧師雖這麼說，回頭上山時卻健步如飛，無疑認定魁爾心軟，放他回去開車。讓他心情一沉的是，魁爾命令他扛著麋鹿的一條臀腿下山，車子仍然開不得。

「什麼？辦不到！媽的，那堆肉有一百五十磅哪！」

「我來幫你上肩，出口成髒牧師，」魁爾親切地說。

「我姓培克！」憤怒的牧師尖聲說。「別亂叫！」

「遵命，」魁爾說。

兩人許久後才抵達山腳，因為盜獵牧師不停癱靠樹幹上，自稱不休息不行。

「好了，現在上山扛另外一條。」

「什麼！可惡的紅衫混帳，你給我記住。我認識不少高官。我等著看你倒大楣。我保證讓你被開除，也讓你的上司被開除，也保證讓他明白被炒魷魚的原因。錯全在你身上。」

來到砂石迴車道後，魁爾讓牧師將第二塊麋鹿肉放在漁獵部的卡車後面。牧師渾身血污，站在迴車道另一端附近的微凹處。等他一喘夠了氣，立刻開始列舉不應被開罰單的原因，包括魁爾事後必定感到良心煎熬、他打算告懷州漁獵部、而他認識的權貴也保證讓魁爾一輩子難受。他罵遍了魁爾的祖宗八代，其中包含托爾克馬達[5]、柯林頓以及教宗。魁爾只是埋首開罰單。

「豬耳朵，沒聽懂是不是？你這個混蛋管制員，以後一定下地獄被火活活燒死！」情緒激動的牧師叫罵，氣得直跳腳。他四周地面冒出了一圈煙霧，縷縷上升。

「怎麼會？」說著牧師腳下的砂石變得鬆軟，接著發出剝開萵苣時的聲響，隨後砂石向上隆凸，倏然開啓，牧師就此墜入直徑約三呎的火紅管道。這條巨管看似一條被焊槍噴得紅通通的鐵管。牧師驚叫一聲後頓失人影。全程不到五秒鐘。

熱管的開口立即合上，迴車道的砂石也恢復原狀，土質也不再鬆軟，只見吞噬牧師處形成略微焦黑凹陷圓圈，現場飄著微弱的硫磺味。魁爾居住麋鹿牙鎮的一間貨櫃屋中，自家廚房自來水的味道與這種氣息不無相似之處。鈍刀發著抖卻仍站得穩腳步。

「我的天啊，」魁爾對愛馬說。「怎麼會這樣？難道是眼花了？」他輕手輕腳走向圓形凹陷處，依稀聽見遙遠而細微的嘶嘶聲。他彎下腰去，伸出一手，放在培克牧師短短幾分鐘前站立的砂石之上。熱騰騰的。他找來一塊二十磅重的石頭扔過去，砂石似乎稍微蠢動了一下，卻開出火紅的洞口。他百思不解，細看並思量了半小時，最後死了心，摸黑開車回家。他不知道剛才發生了什麼事，只是慶幸省下不少紙上作業。

一星期之後，魁爾．吉蒙金斯基遇到兩位德州律師。這兩人隨行的朋友是加州的國稅局稽查員，與魁爾吵得臉紅氣喘，發誓今後每年一定稽查魁爾的報稅單，保證讓魁爾的子子孫孫永遠被查稅。

「打光棍的好處再加一筆，」魁爾說。

兩位律師說，他會進戒備最森嚴的監獄蹲苦牢。

「我的牢房最好別在你們隔壁，」他面帶微笑說。

三人全拿不出懷州狩獵許可證，但其中兩人出示德州的許可證，聲稱德懷兩州簽署過協議書，許可證在兩州通用。魁爾大笑說才怪。這三人射殺了五頭雄麋，斬首後將殘骸棄置灌溉水道，不料卻堵塞了溝渠導致灌溉用水氾濫。他命令三人清理圳道，另外掘坑埋葬萬蛆攢動的殘骸，然後開車前往擰臂區的迴車道，他駕車跟在後頭。他在迴車道附近小心翼翼停車。這條迴車道可不好惹。他推著三人走向另一端。

「就站到那一邊去，」他指向砂石顏色較深之處。

三人懶洋洋地走向他指的地方。微凹之處幾乎難以辨識。幸虧他在牧師遁跡後抛出的那塊石頭仍在，而開口處周圍的砂石顏色較深，有助他判別方位。他猜周圍之所以黑了一圈可能是煙灰的作用。他取出罰單簿，同時思忖著如何叫他們原地跳躍或跺腳。他連這樣做有沒有效也不清楚。也許培克牧師屬於單一事件。也許這地方專吞失格的神職人員。也許宇宙冥冥之中發生了某種作用力。他假裝在衡量輕重，偏著頭以筆觸嘴唇。

「各位男士，不如這樣吧。如果各位表演蠢動作給我看，我這次就不開罰單。只要我看得心滿意足，我就放你們走。我想先看你們耍寶。請你們稍微跳一下——就像這樣跳」——他示範動作——「只要逗我笑出來，罰單就不開了。」

同夥三人你看我，我看你，互使眼色，暗指這人腦筋有毛病。

「我們就逗逗他開心吧，」國稅局的男子說，然後小跳一下，離地不到一吋。毫無動靜，但魁爾看見心目中的地點冒出一縷輕煙。

「少來了，好好地跳一下嘛，」他邊說邊高高跳起以慫恿三人。

律師之一騰空躍起，姿態優雅，令魁爾讚賞。律師一落地，足下的地面豁然敞開，三人一同墜入紅亮的管洞中。國稅局的男子原本一腳站在圈外，一時之間似乎逃生有望，無奈管洞的引力強勁，硬是將他吸走。魁爾站在二十呎外旁觀，看著國稅局男子宛如蒼蠅被吸塵器的吸嘴吞噬。

他心想，原來祕訣在於原地跳躍。他立刻將這件鮮事告知其他管制員。他將此地命名為地獄窟。由於地獄窟爲大家省略了許多枯燥的文書作業，因此廣受歡迎，有時漁獵部的卡車在路邊大排長龍，等候使用這項設施。有些管制員駕車千里迢迢將犯人押來這個妙不可言的暗洞處置。一名觸法者由於難耐長達三小時的車程，而且受不了管制員車內混雜了濕狗毛、糞肥、腐肉與沙丁魚三明治的臭味，自稱受到殘酷而不人道的監禁，揚言要告上法庭。經過查證後，法院並沒接獲這類申告。

所有管制員發誓保密。魁爾連最要好的朋友柏拉圖·巴克魯也不曾透露。

隔年狩獵時節一到，魁爾·吉蒙金斯基拖著身子走進他最愛的酒吧——位於麋鹿牙的丕微。柏拉圖·巴克魯坐在後面的一張桌子，喝完威士忌再喝啤酒，瀏覽著徵友小廣告，魁爾在同一桌坐下後故作姿態地嘆氣。柏拉圖抬頭看他。

「怎麼啦？今天沒抓到壞人啊？」

「抓到好多。寫罰單寫得手痠了。我點同樣的東西，」他對阿曼達．葛立布說，同時朝著柏拉圖的飲料揮揮手。

「手痠？你手痠了，應該不算新鮮事吧？」他的問句帶有黃色的弦外之音。

「接下來整個狩獵季一定會忙不過來，怪都得怪該死的森林處。」

「什麼意思？」

「我碰上了一輩子最好康的事，卻被該死的森林處搞砸了。」接著他源源本本說出地獄窟一事，描述管制員大排長龍，描述惡人墜落硫磺坑時慘絕人寰的尖叫聲。

「那又怎樣？跟森林處有啥關係？」柏拉圖在森林處上班，儘管平時愛抱怨上司太固執、太短視，卻不喜歡聽見紅衫人批評森林處，連魁爾也批評不得。

「你聽我說，今天我逮到一個下流混帳，在鐵騾鎮一家麵包店上班，屌裡屌氣的，殺了一頭母鹿，然後脫褲子跪在地上，跟死鹿搞起了性關係。我當時就站在大概二十呎外。」

「天啊！」柏拉圖被威士忌嗆到了。「那——」他引用犯罪心理學課堂上的專有名詞，「那不就是變態獸交戀屍癖嘛！你在罰單上註明了沒有？」

「沒多寫什麼，他只不過在只准獵捕公鹿的地方射中母鹿。漁獵部又沒禁止——沒禁止什麼變態『戀屌屁』的。」

「看開一點嘛，他幫你省下很多麻煩，還好死的不是公鹿，不然的話，他豈不是犯了同性戀變態獸交戀屍癖？不手痠才怪。結果你怎麼辦？」

「我只好叫他穿好褲子，帶他去剛說的那條迴車道，發現那裡變了一個樣子。森林處派去一大堆挖路機和怪手，活像在開年度大會似的。工人把整條路拓寬了，一口氣開進五十輛車子沒問題，還立了步道起點的標誌，插了幾根柱子，放了兩間新的活動廁所，擺了垃圾桶，還貼出步道的地圖，弄得美美的。可惜的是，我走遍了整個地方，怎麼找就是找不到地獄窟。森林處在路旁留下一根圍籬樁，我撿來在地上東敲西戳，就是找不到。沒有反應！那時變態站在旁邊看我，一定以爲我腦筋秀斗了。最後我只好開他一張普通的罰單。我跟其他管制員通報這件事，午餐時間大家全來地獄窟報到，東跳西跳，到處戳戳踏踏砂石地面，想找出奇妙的地獄窟。什麼也找不到。不見了。」

「很難相信眞有這種地方。你去年一個字也沒提過。我倒覺得是你們想像力太豐富。不然就是被集體催眠。」

「去你的犯罪心理學，別再賣弄了。我們說好了這是機密，不能張揚出去。」

「是嗎？去年秋天快結束的時候，我讀到一份呈給巨無霸．諾提吉的公文，內容是那邊的迴車道車流很大，停車困難。我猜他大概認爲那邊來了很多觀光客和一日遊的遊人，很適合擴建成多種用途的場地。他沒料到那地方被漁獵部用來像烤玉米一樣烤人肉。」柏拉圖對阿曼達比手勢。

「阿曼達？妳這邊的調酒，有沒有一種叫做惡魔的什麼東西？」

「我去查一下。」阿曼達說。柏拉圖與魁爾對話時壓低嗓門，阿曼達一直想偷聽，卻只聽見「獸交戀屍癖」，因爲柏拉圖說出這詞時拉高了嗓門。

「對，是有一種調酒叫做惡魔的尾巴。材料是伏特加、蘭姆酒和杏子白蘭地。」

「就是這個。給我們來兩杯。雙份。用來向我這位朋友致敬。魁爾管制員去年逮到了地獄惡魔尾巴，要得魔王團團轉，今年還想如法炮製。」

---

1：lodgepole pine，另名美國黑松或海灘松。

2：原書註：〈地方人士悲歌〉（The Great Joe Bob），泰瑞．艾倫演唱，專輯《樂波市》（Lubbock（on Everything）），Green Shoes Publishing，BMI唱片，一九七八年。

3：傑福德．J．培克（Jefford J. Pecker）。pecker是陰莖的俚語。

4：歐萊恩．洪快克（Orion Horncrackle），orion是「獵戶」之意，horn是「角」，crackle是「互敲硬物的聲響」。

5：托爾克馬達（Torquemada , 1420-98），十五世紀西班牙異端裁判所的首任總裁判官。

# 重建印第安之戰實況

二十世紀初某年夏天，兩名男子身穿連身工作服，站在凱斯白的街上，看著一棟新樓房。其中一人手持修繕屋頂用的鐵錘。

「這下子那些養牛戶該明白本鎮大財主是誰了吧，」其中一人說。

另一人微笑著，彷彿測試著嘴唇，然後說，「大概只有一兩個看得懂吧。韋吉，你應該當律師才對。我們蓋的這棟，以後不就變成你的律師樓了。」

「我寧願開牧場。開牧場才能賺大錢。」

「他來了，」手持鐵錘的男子朝來人示意。這人的個頭很高，身穿長禮服，內八的雙腿大步往兩人走來。他注視著樓房。

「很好，很好，兩位，」蓋伊．G．卜洛茲律師說。「這棟是凱斯白的女王，動工興建的人是我們。」

懷俄明自成一州後的數十年間，每座市鎮紛紛大興土木，至少非建造一棟氣派十足的樓房不可。這段時期興建的建築包括銀行、法院、歌劇院、旅館、火車站、商用樓房，建材是現地開採的岩石，或是模仿岩石外觀的水泥塊，或是郵購而來的鐵門面。保留原本用途的建築已不多見。如今，行動電話公司進駐雄偉的歌劇院，雕梁畫棟的「甘水釀酒廠」則被一家圍牆公司盤踞，顯得極不搭調。

鐵門面的卜氏商業大樓給人一種奢華榮景的印象，左鄰右舍全是單薄的虛門面木屋。卜氏大樓有個美觀的飛簷，也有分隔門與窗的壁柱，也有分隔一樓與二樓的埃及風韻門楣，建材悉數以火車從聖路易運來。樓房的正門具有新古典主義的格調，設計了花環式的飛簷以及嵌入式的彩色玻璃，格局顯眼。一九〇〇年夏季的那一天，蓋伊．卜洛茲律師捧著自己的文書搬進二樓的新辦公室。一樓由一家乾貨店承租，櫥窗用的是本市首見的平板玻璃，裡面以一匹匹的印花布與混紡粗布以及其他飾品布置。乾貨店後面開了一家男士西裝行，新型西裝一應俱全，經由老闆埃薩克．福樂斯奇修改以迎合寬肩細腰的牛仔。上門光顧的牛仔絡繹不絕。為了將帽盒與女帽飾品存放在二樓，他多付了一點房租，而同一間也堆放了幾箱證言、遺囑與案件筆記。

卜洛茲的業績昌盛，只服務大客戶，最知名的一位是綽號野牛比爾的威廉．F．寇帝[1]。卜洛茲與其他法律界人士聯手挽救幾度瀕臨破產的野牛比爾。當年與野牛比爾有生意往來的對象包括鬧得滿城風雨的《丹佛郵報》、馬戲團創業家邦菲爾斯與塔門。

新廈落成時，卜洛茲律師年僅三十三。他的雙腿長如騎馬師，頭髮烏黑如貓毛，永遠刮不乾淨的鬍碴宛如口罩。他幾乎稱得上英俊，美中不足的是左眼皮多了一顆偏紅的痣，然而由於水綠色的虹膜亮麗，足以轉移他人的焦點，讓他人對上述的缺憾視而不見。他長了一副適合騎馬的骨架子，可惜在以馬為主要交通工具的時代卻對馬匹過敏，只消在敞篷馬車坐上十分鐘，他立刻淚水直流，頭疼欲裂，痛楚感直探眼眶深處。有鑒於此，他步行前往任何地方。如果目的地太遠，腳力無法負荷，他寧可作罷不去。汽車問世後，他是凱斯白鎮率先買車的人之一。

到了一九一九年，年邁的乾貨店主福樂斯奇先生去世，遺體被運回東部老家，店面則由冰淇淋店承租，成了時興的聚會場所。七個月後，蓋伊·卜洛茲喝完一杯檸檬磷酸汽水後走回辦公室，上樓時不慎掉了幾份辦公檔案夾，一腳踩上後重心不穩，跌跤摔破了頭，昏迷一週後過世，得年五十三。兒子亞契柏·卜洛茲遺傳了父親高大的骨架、黝黑的皮膚、湛藍的眼珠，以及天生牛仔的俊俏，唯一的缺憾是一嘴爛牙。他克紹箕裘，搬進了二樓的辦公室。他長年在牙醫椅上練就了一身忍痛功。

「卜洛茲先生，」牙醫說，「我可以拔掉這口蛀掉的牙齒，等傷口痊癒後，再裝上新的假牙托，你從此一口好牙，再也不會喊牙痛。而且新的牙齒美觀大方，不像這一嘴漏風的爛牙。」

「拔吧，」卜洛茲說。不到一個月，假牙取代了原有的爛牙，新牙齒潔白如冰河雕製而成。

亞契柏·卜洛茲的年紀雖輕，業績在一九二〇年代卻蒸蒸日上。他代表的客戶之一是約翰·巴克林，在凱斯白以北開牧場，政治關係亨通，名下的土地毗鄰三號海軍戰備油田。這一帶就是茶壺岩，一九二〇年代曾經爆發政商勾結的醜聞。牧場主人巴克林曾多次宴請內政部長亞伯特·B·佛爾。政客佛爾從海軍奪走油田的掌控權，私相授受出租給採油商人哈利·辛克萊。當年環保之聲初起，佛爾對環保嗤之以鼻，主張全力開發資源，因此爲後代奠定了濫墾的基調。大筆資金交手後，巴克林擔心被政府列入調查的名單，法律文件因此堆滿了卜洛茲的辦公室。儘管如此，卜洛茲展現冰河似的微笑說，塞翁失馬，焉知非福。茶壺岩的風波成了他律師生涯的轉捩點。佛爾鋃鐺入獄後，年輕的卜洛茲不再對契約與遺囑之類的小案子感興趣，開始主攻的客戶遍及伐木業、石油業、鐵路業，也接灌溉水權和解案，也鑽研含糊得恰到好處的礦藏租賃法。

他擴充了儲藏空間，將父親的文件與書籍堆放在大衣櫥的深處，也將自己的法律垃圾放進去，箱子堆得又高又密。

經濟大蕭條時期他一路賺錢，同郡的人也同樣致富。全美各地飽受沙塵暴之苦，人人排隊等著領救濟金，凱斯白卻坐享石油暴利。財源滾滾，建築業也大發利市。卜氏商業大樓已不再是全市最高級的建築。

一九三九年，亞契柏・卜洛茲在凱斯白以北向巴克林買下一座牧場。巴克林捲入茶壺岩風波時曾聘他擔任律師。亞契柏從此週末時光搖身一變爲知名牧場主人。他喜歡培育優良品種，藉此提升牲口的整體素質。他買下的這塊地多數是風蝕土脊與窄窪地，經年累月的西風將山嶺的頂端削得平整。懷州有條大風廊，強風從紅沙漠一路吹至內布拉斯加州的邊界，而牧場正處於風廊的北緣。他的妻子名叫凱特，焦糖色的明眸近似蜥蜴眼，金髮下的臉龐是她從雜誌剪下來的造型。夫婦倆喜歡設宴款待政治大老與牧場主人，新年晚宴與國慶烤肉會在懷州上流社會屬於重要場合，儘管如此，兩人的家庭生活具有悲劇色彩。亞契柏・卜洛茲育有三子，希望父子攜手共創牧場王國，可惜長子衛維恩於二次世界大戰捐軀，次子巴司福貪好杯中物，駕駛福特車撞進險象環生的乾河谷後孤零零死在鼠尾草叢裡。接著凱特訴請離婚，遷居至丹佛，改嫁足科醫師。老么聖吉於一九五九年畢業於波士頓大學法學院，進入父親的事務所工作。他總是一襲西裝，與父親的皮靴、斜紋織長褲、口袋衆多的西裝背心形成對比。

「事務所裡總不能沒人像律師吧，」他開玩笑說。

亞契柏揚起一邊眉毛，顯露冰冷的牙齒。「長了這麼大了，你還不懂狀況？左右本州事務的是牧場主人。客戶找上我們，是因爲他們看得出我們明瞭牧場問題的癥結。」他邊說邊以一手拇指勾住背心的臂孔，永不離嘴的香菸將菸灰撒在衣服正面。他調整著上班時必戴的牛仔帽。戴上牛仔帽的他酷似德州的鄉下警長。

客戶看得出卜洛茲家族的男人外表相似之處。接待室掛著蓋伊·卜洛茲的玉照，常被客戶拿來比較仍在世的亞契柏與聖吉。祖孫三代個個長手長腳，進門時必須低頭，濃密的黑鬍刮過後立即冒出。一九六二年，閃電擊毀了茶壺岩的粗短壺嘴，同年亞契柏也因肺癌病逝，身後留下採油商辛克萊的股票與鹽溪油田的股份，市値不低。兒子聖吉繼承了牧場、事務所與財產。

聖吉·卜洛茲年少時四處留情，惡名遠播，最後娶了小他十五歲的麥田鎭望族之女喬姬娜·柯羅蕭。喬姬娜的曾祖父威利·柯羅蕭對馬匹慧眼獨具，大名在西部無人不曉。一九一〇年，紐約州決議停辦賽馬，純種馬的行情崩盤，他以賤價承接數十匹純種名駒，運回懷俄明，培育成馬球賽用馬。後來子女接續父親的育馬事業，柯羅蕭家的駿馬遍及國際馬球場。

喬姬娜從小生長在家族牧場上，金髮的色澤一如聖吉的母親，身材卻精壯如結實的男孩，大手筋肉突出。她有咬拇指甲的習慣。她教聖吉打馬球、玩塡字遊戲。

聖吉逐漸對事物提不起興趣，個性也漸趨鈍化，原因或許是兩人膝下無子女。聖吉年幼時對凡事感到好奇，曾以黑絨布接雪花來研究，也曾納悶夏日黃色的山雲裡含有多少粒杜松的花粉，也喜歡解數學謎題。與喬姬娜結婚後，她教他打馬球，短短幾年後，聖吉的閒暇幾乎容不下其他嗜好。填字遊戲他也玩不來。

正如許多愛馬人士一樣，聖吉．卜洛茲也逐漸沉迷於這項嗜好。他喜歡馬球運動，熱愛馬步輕躍的感覺、箇中的危險性、球員的身手、側擠爭球的刺激感、酣暢的呼吸、塵土與草皮掀翻的氣息，甚至也愛上了觀眾的模樣——觀眾在中場休息時進場蓋回草皮，個個低頭凝神猶如在尋找金幣。馬球在懷州並非富人專屬的運動，連牧場工與勞動階級也熱中。在馬球場上，馬術技高一籌勝過家財萬貫，但聖吉時而有感而發，認爲技巧好同時又有錢更棒。比賽時他讓分六分，而馬術純熟剛烈的喬姬娜則讓七分。

上班期間，聖吉時常突然在客戶面前扭身向後，以右手碰觸左足跟後的地面，客戶已經見怪不怪。他早晨起床後也會從事其他軟身操，下一代人將這種運動稱呼爲瑜伽。卜洛茲家族闢建了一處馬球練習場，以便琢磨高難度的球技。家裡擺滿了照片：聖吉從左側正手擊球、從右側頸下擊球、與隊友揮汗歡慶勝績。也有一幀是喬姬娜騎乘著愛馬「快步舞」，手捧懷俄明盃。

時光一年年流轉，聖吉因沉迷馬球賽逐漸怠忽律師業務。夫妻把時間與金錢投資在馬身上，也在歐勒頓興建另一棟房子，方便就近前往大角馬球俱樂部。一九九四年六月的最後一天，聖吉試騎新馬「冷空氣」前往歐馬哈參加耆英馬球賽，不料一名觀眾的小孩急著提早慶祝國慶日，施放了禁用的沖天炮，擊中了「冷空氣」的側腹部。這年聖吉已六十出頭，身段不復往年靈巧柔軟，儘管勤於運動，臀腿與肩膀的關節已被風濕攻陷。這事若提早幾年發生，他必能一跳脫險。被沖天炮驚嚇到的「冷空氣」騰高前腿，旋即不支向後傾倒，垮在聖吉身上。兩天之後聖吉斷氣，卜洛茲家族就此畫下句點，如恐龍般撤離懷俄明。

喬姬娜身受喪夫之慟，自責不已，賣掉了大部分的駿馬，將聖吉與自己的馬具以及球槌捐給馬球俱樂部，並且發誓從此不碰馬球。戴克．梅爾是擔任頭號球手的隊友，臉形如箭頭，淡藍的眼珠看似裡外倒置，上唇是一抹稀疏的小鬍子。對馬匹情有獨鍾的他以檢查牲口烙印為業。他聞訊後致電喬姬娜。

「聽說妳把馬具全送給俱樂部了，我的感觸很複雜。去你的，喬姬娜，就這樣甩掉一切，未免太可惜了吧。妳的朋友、妳的家人、妳的人生，全和馬球斷不了關係。」

「馬球沒替我帶來任何好處。」她想像得到戴克對著話筒口沫橫飛，淡藍眼珠的黑瞳宛如驚嘆號。

「喬姬娜，好歹考慮一下家族史嘛。這事關係到不只是球隊和球賽，也不只關係到打不打球，何況妳的身手一級棒。」

「筋骨開始老化了，戴克。聖吉老了以後還不肯下馬，結果落得什麼下場？」

「這一點我能理解，不過妳別忘了，妳的娘家幾世代都和馬球息息相關。他們以前認識蒙克里夫家族、瓦勒普家族。妳的曾祖父不是和蓋勒廷家族有姻親關係嗎？拜託，看在家族史的分上。妳有承續家史的責任。」

「這話沒錯，不過——」

「柯羅蕭是西部馬球界響叮噹的大姓。我個人反對妳退出。我們需要妳，我們一定要延續柯羅蕭家族在馬球界的聲勢。」

兩人相約共進午餐，喬姬娜拗不過戴克的堅持，答應雖然不再上場，仍願充當熱心參與的觀眾，負責記錄戰績，記載本地馬球沿革。家族的馬球香火不至於中斷。

「喬姬娜，妳可以當裁判呀。」

「可以嗎？不太可能吧，」她說。「我從沒聽過女人當裁判這種事。」

「總要有人起個頭嘛，」他說。「不然妳也可以當記時員。」這才比較像話。她可以負責記時。

接著她閃電結婚，對象令人跌破眼鏡，竟是牧場工頭查理．帕洛特，年齡比她小好幾歲，而且自稱具有奧格拉拉蘇族的血統，但喬姬娜心想他其實是墨西哥與其他人種的混血兒，卻不放在心上。查理的身體強壯結實，臀部如一對香瓜，長髮烏黑，黑眼眸晶亮，戴著鋼絲框的眼鏡。他的大臉顯得傷感，如蛙的闊嘴與身材不甚搭調，但低沉的嗓音增添了整體的男性氣概。他在聖吉死前幾星期才開始上工。查理並不熱中馬球，但由於他動作輕緩安靜，生性沉默，且對馬兒愛護有加，讓馬兒心領神會，因此馬兒喜歡讓他照料。喬姬娜看上他的原因相同。假如聖吉當初知道查理對馬球興趣缺缺，一定會叫他另謀高就。但喬姬娜並不介意。

「何況，誰說不會打馬球的人就沒法子管理馬場？」查理說。「馬球的事，有猶文負責就行了。」

中年訓練師的猶文・甘因斯長著點點淡雀斑，說起話來輕聲細語，妻子是卜洛茲家的廚師朵琳，兒子普列斯擔任馬夫，負責清理馬具並打掃馬廄。喬姬娜說，她寧願剃光頭也不願辭掉甘因斯家任何一人。

喬姬娜覺得查理不只令人心動。聖吉在世最後幾年疏於房笫之事，反觀查理，只要慾火一點燃就難以熄滅，挑逗得她不知不覺間熱到縱情肉慾的地步。

「看看這裡，」她常說著撩起睡衣。

「給我全脫掉。」說完如I形鋼倒在她身上。

他以前結過兩次婚，第一任妻子現住內華達州，兩人只生了一個女兒琳妮。女兒與母親同住。他說第二任在加州當警察，兩人對罵了五個月後離婚，從此不相往來。他以隨和而緩慢的語調訴說女兒琳妮的事跡。她今年二十出頭，顯然是標準的內華達辣妹，已有未婚懷孕兩次的紀錄。查理告訴喬姬娜，琳妮打算搬過來住。喬姬娜一聽露出反感的表情，但連忙以燦爛的微笑掩飾。

「這個嘛，這地方多個女人也好，」她話雖這麼說，卻多少帶有不滿的意味，彷彿說這裡多來幾條響尾蛇豈不是更好。查理聽出了眞意，叮嚀琳妮搬來後別太囂張。琳妮的名字取自嬰兒命名手冊裡，而當年的手冊反映出稍縱即逝的流行。當時盛行以早年高價的結婚禮品爲女兒命名，如Linen（床單、枕頭套，琳妮之名由此而來）、Silver（銀器、刀叉）、Crystal（水晶）、Ivory（象牙）。

戴克後來成爲喬姬娜吐露心事的對象。她向戴克報告琳妮即將搬來，戴克說她恐怕躲不過一場小災難。

「其實啊，喬姬娜，我有點希望妳當初沒跟他結婚。妳應該找個馬球界的人。我猜查理對馬球沒啥好感。」

「對，」她笑著說，暗示著丈夫技巧高超的是另一種不便言明的運動。「可惜你已經結婚了，戴克，我只好屈就查理囉。」兩人同聲大笑。

八月的某個週末，琳妮開著老舊的路虎[2]休旅車前來，車子的消音器壞了，虎紋烤漆也褪色成模糊的曲線。她身穿養眼的綠色繫頸式露背裝，迷你裙是喬姬娜見過最短的一條。她是個豐滿美女，胸前宏偉，凹凸有致，粉黑色的頭髮（一小撮瀏海染成金色）紮成馬尾，跑步時在雙肩之間拍動。喬姬娜認為她非常像印第安人，比查理更像。製造琳妮臉的材料足以再造一臉：額頭高、下巴長、顴骨寬大、多肉的臉頰如同汽車座椅的頭墊、鼻子形如犁頭。她的眼珠是特大號黑晶鑽，長長的皓齒十全十美。喬姬娜發現琳妮的左眼略有斜視的毛病，賦予她一種精神不正常的表象，簡直像隨時會尖叫起來，跳到別人身上。琳妮從車上拖來兩只特大號的行軍袋。

喬姬娜與琳妮握手，態度像男人，注視對方時彷彿搜尋著弱點。

琳妮說，「眞的很感激妳讓我搬進來。我的計畫是找份工作，然後在市區租間公寓。我不想妨礙到妳和我爸。」她以薄荷綠的指甲搔搔深棕色的大腿。

「聽起來很不錯，琳妮。能幫上忙是我的榮幸。只是，工作可能不太好找，懷俄明的工作機會不多。妳以前做哪一行？」

「多半時間在念書，在加州的電影學校念了一小段時間，覺得不對胃，因爲老師播了一段愛迪生拍的舊片子《電殛大象》，超噁心的。後來我去雷諾一家賭場上班。」

「電殛大象很噁心沒錯。可是，妳怎麼會去雷諾？」

「因爲我媽住在雷諾。她在賭場上班，介紹我到賭場的禮品店去，呃，服侍顧客。賭客贏了錢，想做的第一件事就是消費。禮品店裡不缺貴重的東西。可惜那工作有點爛。不過薪水很高，因爲老闆不喜歡員工窮到偷錢偷東西。所以我才買得起那輛路虎。我也做過其他工作。沒啥稀奇的，我回想一下，我做過服務生、酒保、禮品店的店員，然後有一年夏天去幫森林處當火警通報員。我做得很煩，因爲森林處的色狼老愛爬上來瞭望塔『幫我忙』。」

「喔，」喬姬娜說，強忍住下面這段感言——像妳穿得這麼清涼，鹹濕佬不纏妳才怪。喬姬娜走進廚房去找廚師。

廚師朵琳．甘因斯身材細瘦，動不動就懷疑自己生病。她與丈夫從一九七八年以來就一直在卜洛茲家服務。聖吉去世後她沒有走，繼續以一張大嘴將卜洛茲家的新聞傳輸至市井。聖吉與喬姬娜每年致贈甘因斯夫婦一份相同的耶誕禮物——現金二百美元，鞍氈一條。他們至今已收集了二十四條鞍氈，多數的價格標籤仍在，堆疊在車庫的冷凍櫃上面。聖吉．卜洛茲在世時，朵琳將喬姬娜視爲大敵，但如今對手已改成查理與半裸的女兒。

「爸，」琳妮對查理說，「她年紀大了，生不出小孩了吧？」

「誰？喬姬娜？大概吧。從沒跟她討論過。我猜她已經超齡了。從沒想過再生小孩。第一胎長成這副德性，看了就不想生了。」他對女兒眨眨眼，第一任妻子的影像卻如啤酒氣泡般浮現腦海。他已有多年沒見過前妻剃刀般的小臉與黑了兩圈的眼睛。在他的回憶中，那天氣溫非常低，他走出潮濕而暖氣過強的屋內，吸了幾口透明薄冰般的冷氣，前妻周圍的日光閃爍著雪花片片。雪花並非從天而降而是憑空結晶而出，因爲天空湛藍無雲。

「我是說，她年紀比你大，少說也有五十歲了吧——呃，至少這牧場滿不錯的。只可惜離市區好遠。」她朝地平線瞇眼看。父親相貌端正，憑外形打出了好牌。她明瞭這種牌局的奧祕。

查理聽出了言外之意：琳妮正在盤算有朝一日繼承卜洛茲牧場的機率，卻不願開門見山。他自己也如此盤算過。父女同心。

「妳媽媽最近怎樣？」

「上班。她在賭場找到幫傭的工作。幸運大殿賭場。」

「酒還在喝嗎？」

「不然我幹嘛投靠你？」

收拾完晚餐的餐盤後，琳妮經常坐上路虎前去凱斯白，鬼混到凌晨才回家。有時回家時間太晚，她會把車停在大馬路附近，走路回牧場。狗從來不對她吠叫。早餐時她總推說一直在找工作，說最適合找工作的地方不是報紙，而是酒吧。

「查理啊，」喬姬娜晚上對他說，「每天晚上混酒吧，最後一定搞出第三次。」

「什麼第三次？」

「第三胎啦，」喬姬娜說。「前兩次墮胎是你出的錢吧？」

「對。好歹我是她老爸。她指望我出錢。」

「我看得出來。」

「只要找得到工作就好了。她一找到工作，生活立刻會上軌道。她是個好女孩。」

喬姬娜倒認爲琳妮比較接近小淫貓，但她沒說什麼。

「嘿，」查理說，「過來嘛。」他伸出布繭的雙手，抓住了她的絲質睡衣。

喬姬娜瞬間憶起年邁的聖吉，想起他扭身向下，以右手碰觸左足跟後的地面。

幾天後，喬姬娜在正午時分逮到了琳妮。她只穿了一件T恤與血跡點點的鬆垮三角褲，正在流理台爲自己準備早餐——一盤墨西哥玉米圓餅與豆子，加上大團瀟灑辣醬。喬姬娜懷疑她想藉此治療宿醉。

朵琳正在揉麵包麵團，不時瞪琳妮一眼。喬姬娜揮手要她去花園，等琳妮在餐桌前坐下後，喬姬娜才將骨瘦的屁股擱上流理台附近的板凳，凹凸的鞋跟刮得板凳的橫檔嘎嘎響。

「想跟妳談件生意。卜洛茲先生以前在凱斯白有一棟樓房，叫做卜氏商業大樓，好久好久以前就已經在他們家族名下。前幾天我接到市政府的通知，說房子已經成了危樓，不拆除不行。市政府會給一些錢，不過重點不是這個。主要是市政府覺得礙眼。凱斯白要升級了。所以給了我們幾個禮拜，一個月，清出房子裡的東西。我昨天去看了一下。房子的狀況很差。裡面有塞滿文件的檔案櫃，也有一箱又一箱的文件，箱子塞了好幾個房間都是。有些文件可能很重要。卜洛茲家族處理過不少官司。我跟州檔案館的人說過，他們也想知道裡面有什麼。他們大概會搶走大部分的東西。不過我想在交出去之前先搞清楚內容。所以我想找人幫我過濾那些箱子。看看有沒有華盛頓親筆信之類的東西。看看找到了什麼，列出一張表來。妳肯不肯接？」

「薪水多少？」

喬姬娜出的價碼不錯，足夠讓琳妮交差後收拾行李搬去加州或鳳凰城，從此過她自己的生活。

「也好，」琳妮說著伸出又熱又乾的手。

「今天下午我帶妳過去看一下，順便幫妳配一把鑰匙。對了，建議妳換掉那件內褲。」

「可以進去了沒？」朵琳在門口以惱怒的語氣說。「麵團再不揉不行了。」

卜氏商業大樓底部龜裂，模樣既駝背又滄桑，內部令人掩鼻。雖然地處市中心區，氣味仍像地板下死了幾條臭鼬。由於屋頂漏水越來越嚴重，石膏灰泥多年來乾了又濕、濕了又乾，氣味更加讓人不敢恭維。灰塵、剝落的壁紙、乾腐菌、寄居的鼠輩，在在揮發出惡臭，令琳妮乾嘔。

「昨天來的時候，本來以爲已經夠糟了，」喬姬娜說，「沒想到今天更臭。開幾扇窗戶就好。多帶幾瓶室內清香劑來。因爲斷電了，沒辦法吹電風扇。」

上樓後，琳妮使勁向上開了幾道窗，總算讓乾熱的空氣形成對流，開始吸走臭氣。聖吉的辦公桌仍散放著輕碰即碎的紙張。辦公椅的扶手與靠背積滿了灰塵，堆高成獸毛狀，隨著清新的微風顫抖。

「他的客戶做了什麼壞事，只有上帝知道。我猜到他最後客戶也沒剩多少個。」

琳妮走進隔壁房間，木製的檔案櫃很難打開，用力拉時發出野貓似的尖叫聲。她打開一個櫃子，又看到一箱箱的文件。全數箱子僅在左下角以小小的羅馬數字標識。

「好像有編號，」琳妮說。「IIC代表多少？最討厭這種古代的羅馬數字了。要乖要除的時候，怎麼計算嘛。」

「誰曉得，」喬姬娜說。喬姬娜小小年紀就輟學，對她而言，「拉丁」一詞代表拉丁爵士大師帝托．普延提[3]與瑪格莉塔酒。

喬姬娜想留下來監工指揮，卻將掌控狂的衝動強壓下去。

「好了，」她說。「就留給妳看著辦吧。」

當天傍晚，琳妮開車回來，查理正關上馬具房的門，朝女兒的方向望去。

「妳死到哪裡去了？」他說。「天啊，看看妳。」琳妮渾身是汗水夾雜塵土後流竄的痕跡，汗濕的頭髮零亂，手臂上有割傷，而且她猛打噴嚏。

「灰塵。」她流著淚說。「幫喬姬娜清理卜洛茲的舊檔案。那棟鳥樓裡面好多灰塵和老鼠大便，而且死了好多蛾和老鼠，黏在地板上，屍體比內華達的沙還多。」

「她付不付妳薪水？」

「那當然。錢多工作卻很爛。」

「她卻連一個字也沒對我提。」他左右移動著下頷，向上推推眼鏡。「手臂被什麼割到了？看起來像一百一十一。」

「被舊檔案櫃割的。全都乾掉了，邊緣好銳利。為什麼說是一百一十一？」

「被騎得很慘的馬身上，通常會出現很多馬刺痕，以前人把這種痕跡稱作『一百一十一』。」他在塵土上畫出ミ。「算了，不如這樣吧，如果妳還想去清理，乾脆帶台吸塵器去，先把髒東西清掉。夠簡單了吧。」

「沒電。樓房被斷電了。市政府不久後準備拆掉。」

「乖女兒啊，人家發明過一種叫做發電機的東西，聽過沒？明天早上我進市區去，幫妳弄一台發電機。先把灰塵吸光再說。我們帶那台工業吸塵器去，以免家用吸塵器負荷不了。那裡面到底有什麼？」

「爸，卜洛茲祖孫捨不得丟東西啊，裡面有寫給全世界每個人的信，也有法院的東西，有法律書籍。搞不懂該從什麼地方開始才好。蓋伊（Gay）・卜洛茲先生。名字糗斃了！」

「以前Gay字的意思跟現在不同。從前取這種名字的人很多。甚至在內華達州也有。溫尼牧卡不是有個老頭名叫蓋伊・皮契（Gay Pitch）嗎？以前人也不覺得奇怪，而且他生的小孩可以裝滿一整個火車車廂咧。好吧，明天早上我會過去找妳。」

無論有何甘苦，父女同享共擔。

隔天，父女檔花了整個上午吸塵打掃。查理提來幾大桶水上樓，先灑在地板上防止灰塵飛散。又清掃了一天後，琳妮才開始檢查蓋伊・卜洛茲存放畢生工作檔案的櫃子。

喬姬娜看見查理將發電機抬上卡車。他說他要去凱斯白一趟，喬姬娜立即猜出此行的目的。她打電話給戴克。

「他要把發電機載進市區去，準是想幫女兒清一清樓房裡的灰塵。她昨天回來時全身髒兮兮的。」

「人之常情嘛，」戴克說。「有什麼不好？」

「不好的事情還在後頭。只是他什麼也告訴我。照理說，他應該會提這件事。他太寶貝那個女兒了。」

然而同一天晚餐時，查理卻以不經意的口吻提及他爲琳妮吸塵一事，也說琳妮大肆整理舊文件時全神貫注，令他看了覺得驚訝。

「她是個好孩子，」他說完，父女相互微笑。

「妳請她工作的事，事先應該向我說一聲，」他又以不經意的口吻對喬姬娜說。喬姬娜沒有回應，只是狠狠地切割餐盤上的肉。

琳妮又打開蓋伊．卜洛茲的一只箱子，發現一疊信件，很多封的寄件人署名爲「比爾」，箱底有十幾個底片盒，上面以羅馬數字標明。她心想，這些作古的律師怎麼搞的，對羅馬數字那麼有興趣？她展閱了幾封信，其中一封的日期是一九一三年十月，寄自「傷膝河戰場」，署名者字跡粗黑潦草，琳妮分辨不出是誰，信件正文直呼卜洛茲律師爲「蓋伊」。

> 我們十三天前離開芝加哥，前來此地重建傷膝河戰役供留影機（moving picture machine）拍攝。科迪上校對此一計畫賦予厚望，冀望藉此擺脫高築的債務。我有點擔心這事，因為資金由邦菲爾斯和塔門提供，拍攝和製片的公司是芝加哥的艾森耐，而上校的動作似乎慢半拍。但願否極泰來。他將擇期拍攝其他戰役，包括高峰泉、教會區、夏延大決戰等等。我們四周盡是印第安人、圓

錐形帳篷、羅賓遜堡的第七騎兵師。印第安人全程參與，隨行傳譯喜歡喳呼著配糧不夠或表演費太少等等。這裡真的很冷。

另一封信的筆跡相同：

顧問邁爾將軍非常計較史實正確與否，堅持當年由他指揮的美國士官兵共計一萬一千人，必須全部上鏡頭。科迪上校雖然應允，現場卻只有三百士兵，只得命令同一批人繞圈行軍，直到拍攝到一萬一千人次為止。令人不覺莞薾的是，留影機內根本沒有底片！

有一張發黃的剪報既乾燥又脆弱，琳妮一碰，邊緣立刻碎裂。她將殘餘的剪報放在椅子上，標題是「印第安戰爭影片令大批觀眾屏息」，正文對影片盛讚有加。

影評人表示，本片「栩栩如生，難以言喻，是終生難得一見的景象。」影評長篇大論描寫雪花紛飛、機關槍咆哮、印第安人垂死、煙硝繚繞。大受感動的記者最後寫道：

……觀眾被喚回現實，才發現自己坐在台博歌劇院內，觀賞的是模擬戰爭的場面，是北美印第安人對抗美利堅陸軍之最後一役。山坡地、平原、移動中的部隊、垂死的印第安人、凸凸響的何茲客斯機槍一一消失，取而代之的是歌劇院內的燈光銀幕以及一千名觀眾。在場全體倏而發覺自己有幸觀賞到留影機問世以來最精采的製片……。此片聲勢之浩大前無古人，或許也後無來者。

琳妮嘆氣後小心將脆弱的剪報放進檔案夾。她拿起一個底片盒，褪色的標籤註明：「印第安羽帽之二」。又是羅馬數字。另一盒寫著「暴動／膠卷之一」。註明「暴動」的底片共有五盒。她的疑問是，什麼暴動？她對印第安戰爭只有模糊的印象。去圖書館找資料吧。她知道最好別隨便打開底片盒。

那天晚上，一家三口在客廳看新聞，琳妮趁喬姬娜去上廁所時對查理說，「我今天找到一些東西，可能很有意思。」

「什麼東西？」

「幾盒底片。野牛比爾寄來的信。看樣子他當年在拍印第安人和美國陸軍交戰的電影。我猜片盒裡的影片說不定就是這一部。」

「是嗎？以前怎麼沒聽說過？」

「開拍的年代很早，在一九一三年。我非去圖書館查一下，看能找到什麼資料。可能很有價值。」

「那些信可能值不少錢。裡面寫什麼？」他按下電視的靜音鍵。

「只寫法律的東西，負債啦，償債啦，有些寫的是拍片的事情，說他們去了一個叫做『傷膝河』的地方。地名超怪。是在南達州嗎？」

查理猛然抬頭。「傷膝河！我的天啊，那個老騙子居然跑去傷膝河？」

「好像吧。那又怎樣？傷膝河到底有什麼典故嘛？」

不巧喬姬娜回到客廳，面帶問號看著父女在對話，然後恢復電視的音量。

「說來話長，明天再跟妳講。」

「什麼事情？」喬姬娜問。

「印第安人的歷史，」查理說。「又長又令人傷心的故事，說來讓人想吐。」

翌日，隔開兩家牧場的圍籬有一部分一鑽即破，鄰居牛群發現後破籬闖入喬姬娜的牧場，查理則忙著逐一分開兩家牛隻，忙到黃昏才回家，又髒又累，發現琳妮與喬姬娜已吃完晚餐，餐桌也收拾好了，他的餐具則被排在廚房裡。

「喬姬娜叫我幫你把晚餐保溫，」朵琳說。「可惜這種晚餐保溫不得，溫到最後有點乾乾的，」她邊說邊從烤箱裡端出一盤牛排與烤馬鈴薯。馬鈴薯狀似洩氣的小型美式足球，牛排的邊緣則向上捲起，顯露出如同鴨腿的網狀紋路。

朵琳繼續說，「喬姬娜去歐勒頓看馬球賽了，說她可能在那邊過夜，還說她十點左右會打給你。」

他點頭。他認為在外過夜總比連夜趕路好，因為公路上到處是一心想撞車的爛醉駕駛。

「就這樣了，」朵琳說。「我要走了。」

琳妮進廚房，一身是光顧酒吧的打扮——短裙、牛仔靴、小之又小的小可愛。

「我昨天不是想說印第安史給妳聽嗎？」他說。正巧喬姬娜外出，夜晚才剛開始，時機理想。

「不用了，」她說。「我去過圖書館，借回來一大堆書。」她指向流理台，上面放了幾本書。他看得見圖書分類號。「我想進市中心，一個小時就好。回來後我會開始看書。」

琳妮出門後，他看著流理台上的書籍。最上面一本是迪・布朗的《魂斷傷膝河》。「這本她越讀心情會越沉重，」他自言自語，一面回想起幾年前閱讀那本書時心酸的感想。

十點剛過，琳妮的車噗噗返回，讓他吃驚。這時他仍與喬姬娜通電話，報告驅趕鄰家母牛群的過程。

「我聽見琳妮的車聲了，」他說。「最好掛斷吧。明天中午回來是吧？好，愛妳，老婆，開車要小心。」

「想聊一聊嗎？」他聽見紗門吱嘎開啓時大聲對琳妮說。

「好，不過我想先看書，瞭解一下背景，然後才知道該問什麼問題。可以嗎？」

「好吧，」他說，「也對。」但他卻因失望而心絞痛了一下。他對這話題的思緒已然浮現，心思宛如舌頭刺探著蛀牙。先祖飽受鎮壓，強忍冷硬如鎳的悲情，他也想親身體驗一番，以分身試探被光陰埋沒的往事。

「想聊的時候再說一聲。」

「好，」她說完捧書砰砰走上樓。

翌晨她出現在廚房，雙眼浮腫成紅色細縫。

「整晚沒睡嗎？」

「差不多。」她的嗓音沙啞而冷淡。她倒了一杯咖啡。查理不再多問。

將近一星期後，父女才開始對話。無話可說的這幾天，琳妮每天上危樓整理文件，列表備查，晚上則一反常態不去酒吧，反而關在自己房間裡。喬姫娜說，這是個好現象，表示琳妮慢慢定下心了。查理則認爲她在房裡閱讀悲苦的印第安史料。星期四，喬姫娜說她又得北上歐勒頓看一場重要的馬球賽，有知名的南美球員來訪，也辦了盛大的晚宴。

「我會在諾拉．拜博家過夜，」她說。諾拉的先生經營牧場，她則負責爲每場馬球賽提供餐飲。「以前看球賽的時候，大家停下車就地擺出自備的桌椅和野餐籃，現在已經不多見了。你們不想一起去看球賽嗎？查理，你反正已經一年沒看了。別嫉妒。琳妮，我打賭妳從沒看過。」

「哎，我手邊的事情已經忙不過來了，」查理說。「去幫我打幾個盹，回來再告訴我比賽經過就好。」

琳妮向喬姬娜搖搖頭然後上樓。

底片盒在梳妝台上一字排開。影片呈現的內容，她已能掌握大部分——印第安人硬將馬背上的士兵拖下來、虛假的肉搏戰、印第安人拿木棍戳著兩名白人女俘虜、格林與何茲客斯機關槍掃射。此外，隨處可見的是野牛比爾騎馬走在最前頭，遙望著遠方，浮誇的白山羊鬍隨風飛舞，宛如天生白化症的鰻魚。她一盒也沒有打開。她也知道，這幾捲底片再劇力萬鈞，也難敵大足酋長陣亡的一幅相片。在這幀足以泣鬼神的照片中，氣絕的大足酋長身裹破布中，仰躺雪地，早已凍僵的手臂半舉，彷彿想驅散子彈，不瞑的雙眸蒙上冰霜，直盯著肯看他一眼的任何人。

查理與琳妮沖洗餐盤，然後排入洗碟機。每回查理一靠近洗碟機，必定回想起母親以灰琺瑯質的舊洗碟盆洗著刻痕處處的餐盤。

「爸，有空聊聊印第安人的事情嗎？」她以海綿猛擦著乾淨的流理台。

「印第安人的事情？」他說。

「對。你以前老是告訴我，我們是蘇族人，可是我不清楚我們到底屬於哪一支。你以前也常說你出生在保留區。到底是哪一個保留區？」

「奧格拉拉蘇族。我出生在松嶺的瓦基．阿汗罕，就在玫瑰苞鎮的旁邊。白人把『紅雲』的族人趕出粉河地帶之後，再把他們趕進阿汗罕。粉河地帶是最後一塊原住民的天下。現在到處是甲烷鋼桶和馬路，紅雲酋長看見了準會被嚇死。」

「這麼說來，我們可能和紅雲有血緣關係囉？我是說，我們可能是他的後代吧？」

「有可能。」

「這樣的話，我們幹嘛待在這裡，幹嘛跟喬姬娜住在一起？」她舉手揮向洗碟機，以及廚房桌上插在藍花瓶裡的觀賞罌粟花。「爲什麼不是跟我們自己人住在一起？我難道沒表親沒祖父母？」

他早料到女兒會問，無奈答案仍飄浮在藍天中。

「琳妮，對不起，乖女兒，我已經和印第安人斷絕關係了。我十四歲就從保留區出走，到外面的世界打拚。我在保留區不會有發展。我後來也從沒和老家的人聯絡。」然而，即使在他說話的同時，他整個人猶如高高的燒水壺，熱水正抵達沸點，女兒則剛剛掀開壺蓋。蒸氣一擁而出。琳妮站立原地，全身僵硬，憤慨與孤立感滿溢。一星期以來，她從書本中吸收到的就是這些感受。

「我打賭妳從沒待過保留區，對不對？」他說。琳妮搖搖頭。

「這事很難解釋，不只是決不決定住在保留區而已。妳別忘記，劃出保留區的並不是印第安人。當初白人的構想是以保留區來軟禁印第安人，避免好土地被印第安人佔據。琳妮，選擇待在保留區沒有一丁點好處，只可能把自己局限在角落裡，最後找不到出路。」

琳妮露出不耐煩的神色，表面上不過是噘噘嘴，心中卻全盤否決父親的論點。

他明知女兒聽不進去仍繼續說道。「我猜妳想嘗試一下印第安生活，對不對？妳想穿一穿珠飾的莫卡辛鹿皮靴，想住一住汗滌帳幕、取個好聽的印第安名、找個好看的印第安猛男、習慣一下保留區的生活？妳的大腦轉得飛快，我一眼就看得出來。不妨告訴妳好了，很久以前我也產生過相同的念頭。我回去保留區，認識了妳母親，生下了妳。多浪漫。現在對我來說，浪漫的事到處都找得到，在保留區卻不太可能。」

「你們怎麼不幫我取個印第安名字？」

「有啊，」他微笑。「小臭蟲。」

「爸！可惡，要取我自己取。取個美美的，比如說紅鹿或是玉蕾。」

「各族的文化不一樣，妳搞錯了吧。」

「好啊，你的名字又是什麼？查理這個名字，總不會是你爸媽取的吧？」

「怎麼不是？他們看出了世界潮流，所以叫我查理。我猜妳希望到處有人叫我『與狼共舞』或是『大屌』吧？」

琳妮的臉色轉爲深紅，他唯恐女兒準備開始哭叫。但她卻說，「你別走，」然後奔上樓回她房間。

幾秒鐘後，她雙手捧著文件下樓。

「愛笑隨你去笑，」她說，「我一直在讀卜洛茲先生箱子裡有關野牛比爾的東西，寫了很多關於他打算拍的電影，也說明了他已經拍好的片子，片名是《重建印第安之戰實況》，而且重演了兩三場重要的戰役。電影大部分是模擬傷膝河戰役的實況。爲了拍這部電影，野牛比爾找齊了還活著的人，包括印第安人和陸軍的軍人，叫他們在攝影機前再表演一次。他自己還扮演偵察兵。我看的書裡說，這電影是第一部紀錄片。槍裡面裝的是空包彈，而且到開拍前最後一分鐘才發給演員，因爲有些印第安人想裝上眞子彈斃掉軍人。邁爾斯將軍騎著馬走來走去，命令大家做這做那的。場面非常寫實，打過這場仗的人一看到電影差點暈倒。」

她深吸一口氣，紅著臉誠摯地注視父親。「重點是，這齣電影消失得無影無蹤，有人願意出大錢買回來。到處也找不到拷貝的版本。片子只上演過兩三次，後來一九一七年野牛比爾死後，電影被艾森耐片廠改了片名，開始上映，可惜沒有造成轟動，後來就失傳了。有人認爲是被政府處理掉了，因爲片子拍得太寫實，拍出了美國陸軍拿何茲客斯機關砲濫殺女人和小孩，擔心會讓政府沒面子。」

「少蓋！妳發現的那些小盒子，裡面裝的就是這部電影？」

「不騙你。以底片盒上的標籤來看大概錯不了。要等人打開看一下才能確定。」

「等個屁，我們現在就去看看。放在哪裡？」

「爸，不行啦。底片在密封的盒子裡裝了九十年，一打開盒子，底片馬上會在眼前泡湯，所以一定要找專門的沖洗店，找專精保存影片的專家。說不定要在水裡開盒。」

她抖一抖手上的文件。「我從卜洛茲先生的箱子裡找出兩三份影評，是一九一四年首映後的報導。其中一個人稱讚說，這片子是有史以來最精采的電影。多數人說以前從沒看過這樣的東西。不過我找到了一個不太喜歡這片子的人。我從圖書館的野牛比爾檔案夾裡找到的。這人是瓊西．黃袍酋長，屬於蘇族，可惜這裡沒說他是哪裡人。」

她向前走一步，將流理台前的廚房空間當作舞台。她開始朗誦，嗓音低沉激動，靠在牆邊的查理看在眼裡，發現女兒瞇起眼皮，下頷前凸，竟變成了入土多年的黃袍酋長，以憤恨輕蔑的語調說話，令查理毛髮直豎。

「『你問我該如何擺平印第安人的問題。我建議讓野牛比爾和邁爾斯將軍帶兵去保留區盡情開槍，問題不就解決了嗎？讓他們盡情做他們在傷膝河戰場上做的事。戰役發生時，那兩人根本不在現場，現在卻帶著留影機回傷膝河成了大英雄。』」

她成了滔滔不絕的長者，定睛凝視查理，顫抖的右手伸展開來，食指的指甲火紅如煤炭。她繼續演說，語音漲滿了黃袍酋長的輕蔑。

「『隨你們去訕笑，我的心不會跟著笑。這個基督教國家的士兵趁本族戰士外出，以機關槍屠殺了本族老弱婦孺以及本人的親戚。傷膝河絕非光榮戰役。本人認為邁爾斯將軍和野牛比爾應該慶幸當時不在場。可惜他們想在電影上逞英雄。他們的英勇事跡和死裡逃生的過程即將上映，各位很快就能觀賞到。』」

她歇口並低下頭，下巴貼胸，逐漸變回琳妮。

「哇，剛才好可怕，」她父親說。「感覺像老黃袍就站在廚房。」

「至少他的感想來過這裡。」她以正常語調說。黃袍酋長已重返天空。

但琳妮的朗誦已感動了查理。他想知道母親是否仍在世。保留區的一陣往事不請自來。那日暑氣逼人，天空白熱而乾燥，熱氣在報廢車上方形成抖動的波浪，其中一輛車旁有個名爲夢娜的女人，正手持工具修車中。除此之外別無動靜，沒有狗，沒有人，沒有風來擾動塵土與垃圾。他回想起老家那份沉悶難耐的氣氛，鵠候著絕無可能到來的事物。他不禁打了一陣哆嗦。

「這樣好了，等喬姬娜一回來，我帶妳去那邊。松嶺。去看看還有誰住在那裡。妳可以親身體驗一下。我們可以開妳那輛爛車去——那車在保留區還算稱頭咧。」

「今天就去嗎？」

「當然。」

「喬姬娜會氣炸的。還有很多箱子和文件沒整理好。因爲我有可能一去不回。」

「我知道，不過我打賭她可以去市區再僱一個，不愁找不到暑假沒事幹的大學生。沒什麼關係啦。」

「那些底片盒怎麼辦？超寶貴的咧。找對買主的話，少說也能進帳十萬。」

父女久久沉默不語。

「呃，依法來說，底片屬於喬姬娜的財產。妳自己決定怎麼處理吧。好了，乾脆我們現在開始打包吧？喬姬娜回家後，我得先跟她商量一下。大概一個鐘頭。」

「商量什麼？走了就是嘛，留張紙條不就得了。」

「小孩不懂規矩。我總該當面解釋要去哪裡做什麼事，以免讓她乾操心。」

「琳妮，別孩子氣了。我和她夫妻一場，不能一句話不說就走人。而且妳別忘了，妳讀到的東西是好久以前的事了，超過一百年了。」

「去你的！」

「錯，老爸。對我來說，這事發生在上個禮拜。我以前從沒聽過傷膝河。學校又沒教。我越讀越——」她捶胸製造出戲劇化的一響。

「再鬱卒也得自己調適。大家都一樣。」他瞭解，說得再多也是白費唇舌。她勢必一頭熱投入爭取印第安人權的運動，過幾年退燒後，她可能逐漸退出運動，最後淪落都市人行道，與街頭酋長以及娼妓爲伍。他走進廚房隔壁的儲藏室。琳妮聽見搬動行李箱的聲響。

她終於明瞭到父親缺乏骨氣，一生踏上的路全取決於被動的抉擇，因爲他總是隨遇而安，只待時機成熟，等著別人爲他做決定。她母親就是看穿這一點才下堂求去，自力更生。雖然他頭腦不錯，最後卻安於牧場工作，只因他胸無大志。她敢打賭，當初一定是喬姬娜倒追他，而他只是順其自然。她猛咬指甲。這是自幼養成的惡習。他是典型不負責任、被動的男人，絕非「瘋馬」或「伺機而動的公牛」，毫無反抗意志，只是任憑白人差遣，相信自己過的生活還算不錯。此外，琳妮也相信他狠不下心吻別喬姬娜的財產，畢竟他已年過四十，也許這是大撈一票的最後一次機會。她憎恨父親的軟弱卻不怪他。她願讓父親帶她參觀保留區，將她介紹給親戚認識，然後他可以重回喬姬娜與金錢的懷抱。其餘的奧祕，她可以自行發掘。

她迅速打包，挑選衣物裝入幾只行軍袋，把迷你裙與小可愛塞進垃圾桶。這種衣服她已經用不上了。她穿上牛仔褲，上身是件長到可以當作睡衣的T恤。她聽見喬姬娜的車子駛來，停在屋外，廚房門轟然關上，父親以低沉的嗓音說話。行軍袋已滿。她準備就緒。她聽見樓下的冷藏櫃打開後關上。她猜父親正爲喬姬娜調酒。他自己是滴酒不沾。他的語音起起落落。他對喬姬娜講些什麼？再怎麼講，喬姬娜一句話也不會瞭解。琳妮坐在床沿靜候。

許久之後，父親的嗓音自樓梯如氣球般升起。

「琳妮！準備好了沒？該上路了。」

她拖著行軍袋下樓至歇腳處，然後一一踢下樓梯。

「好了，」她大喊。「太好了。」

她走下三階，然後轉身衝回臥房。底片盒放在梳妝台上。頭兩盒很難打開。第一盒裡面的古老硝酸膠捲已融成實心的一團。第二盒則在她眼前風化爲硝酸碎屑。她將其中一捲倒在床上，氣味令人掩鼻。隨著環狀底片層層鬆開來並開始支離破碎，她看出酸性氣體侵蝕了感光乳劑後早已蝕穿了每一格中間。

隨後她下樓，拖著行軍袋前進。

「拜拜，」她朝站在門廊上的喬姬娜說。喬姬娜面無表情，兩眼直視查理。

車子開上大馬路後，查理說，「妳怎麼處理那些底片？」

「喔，留給她了。」

「乖女兒，」他說著，同時拍拍女兒尚未受傷的膝蓋。

1：威廉・F・寇帝（William F. Cody，1846-1917），曾從事軍旅、狩獵、演藝等工作。

2：路虎，Land Rover，有「漫遊大地者」之意。

3：帝托・普延提，Tito Puente，1923-2000。

# 滑流效應

戴布·希魄享過福也吃過苦。享福的時候是幼年，因為兒時擁有兩個妹妹供他指使差遣。他也喜歡管理牧場。他相信總有一天牧場將歸他所有。他也有福搶在妹妹前頭選馬，伙夫烘好了晚餐點心魔鬼蛋糕後，也允許他先偷吃幾大口。然而好景不長，到了二十五六歲時，他的福分漸次稀薄，牧場被麋鹿牙一家銀行沒收，妹妹移居俄勒崗州，好馬一匹也不剩，他也得了巧克力過敏症。大家說空曠大地能撫慰人心，他為了尋求大地的撫慰，因而培養出酗酒的習慣。到了而立之年他已滿臉疲態，結過兩次婚，儘管他腳丫小、雞雞大，兩次婚姻都維持不久。現代女人的審男觀有異於祖母那一代。兩任下堂妻訴請離婚的主因不外乎男方酗酒、缺乏穩定收入。他也愛抽菸，妻子卻沒有在這個惡習上大作文章。珍寧罵他窩囊廢；寶拉則哭出圓滾滾的大淚珠說，我還愛著你，不過這個週末我要離開你，去投靠一個養羊戶。

「什麼！妳看上了哪個牧羊痞子？」

「才不是牧羊人。他經營一座牧場，在牧場上養羊。」

「隨妳去講。好，如果妳想走，別怕傷我的心，不必等到週末再走，現在就給我滾蛋。」他說完幫她搬家，方式是扔出她的衣物、粉盒、粉罐、縫紉機，以及其他女性服飾用品，全甩向院子去。

戴布僅有的資產是一輛平板大卡車。他偶爾載貨掙得蠅頭小利，薪水一到手，立刻奉送給麋鹿牙鎮的三間酒吧，酒保阿曼達·葛立布將這種現象命名為懷俄明涓流效應。戴布的做法是在丕微酒吧積欠大筆酒債，等到阿曼達開始嘮叨，他立刻轉台到銀毫，揮別丕微。等到銀毫酒吧開始提及酒債，他把目標轉向泥地洞，並且向人暗示他想找點工作。人人皆知的是，他對朝九晚五的工作興趣缺缺，只想打個幾天短工。隔了一陣或長或短的時間，他會碰上打工的機會，領錢後他會去不徹償還酒債，繼續開始賒帳，週而復始的酒債／零工循環成了戴布年復一年的生活方式。

懷俄明已飽嘗乾旱之苦長達三年，麋鹿牙鎮則位於旱災區的心臟地帶。牧場主人巴望老天爺降雨，遲遲不肯將牲口脫手，卻因此被套牢。炎夏接近尾聲，暑氣也如爐子合上爐蓋後緩和下來，這時對養牛戶最寶貴的商品當屬乾草，而乾草的叫價往往可媲美紅寶石。牧場人時常以電話與網際網路來打聽價格合理的乾草。再捕風捉影、異想天開的謠言都不容忽視。假使聽說薩克奇萬省有乾草待售，而賣家的描述語只是「沒發霉」，牧場人仍躍躍欲試。

急著買乾草的牧場人多半是女性，因爲麋鹿牙鎮多的是女性牧場人。有些在丈夫去世後接手經營，有些是父親膝下無子，只好讓成年的女兒繼承，有些則是公司的執行長辭職後拋開一切，深入高山鄉野，在盡可能接近滑雪聖地賈克森的此地定居下來。

其中一位牧場人是菲絲達．潘趣[1]，她騎馬很有一套，對工人卻粗魯無禮。她培育的品種是白眼圈紅牛，屬於罕見的外國牛，由祖父引進後繁殖至今，但今年夏天牧草地被啃食得太厲害，近似在閣樓被蛀蟲密集蛀蝕過的古董撞球桌的桌面。由於市場供過於求，售價比本錢還低，脫手反而賠錢。此外，這批白眼圈紅牛可能是舉國僅有的一群，她不想賣掉。她必須買進足夠的乾草，好讓牛兒熬過秋季與冬季。爲了延續家庭傳統，她不得不咬牙苦撐。

乾草短缺帶來了雙重打擊——購買時不僅常被大敲竹槓，進貨時還需面對令人望之卻步的運費。像樣的乾草出產在遙遠的他鄉，而貨運業者最明瞭牧場人狗急跳牆的心理。將某農場的乾草運至某牧場時，運費有時與珍貴的乾草不相上下。大火已快燒到菲絲達的眉毛了。在天平的另一端，戴布因擁有平板大卡車，幾乎可保證未來幾年不愁在丕微沒酒喝。

某天晚上，單身的菲絲達在家彎腰算帳，不時折折指關節，這時電話鈴響。

「菲絲達嗎？」

「對。」

「妳不認識我。我是妳朋友的朋友。」

「朋友的朋友？」她聽得見彼端的背景播放著鄉村音樂，杜威・尤侃以鑽岩機般的嗓音演唱著。

「什麼事？想聊聊都市傳奇是吧？」

「什麼？」

「算了。找我有什麼事？我現在有點忙。」

「妳急著要乾草，我知道哪裡弄得到。品質不錯。」

「什麼地方？山西省？還是西非的上伏塔？」

「不是啦，就在威斯康司頓[2]。我有個朋友住在庫克市，他表哥畢烔有乾草要賣。他們那邊沒什麼旱災。」

「兩三捆而已，對吧？」

「不對。他有八十捆，個個又圓又大，一捆一千磅，不開乾草堆高機還抬不動咧。」

「我沒聽錯吧？你朋友住在蒙大拿州的庫克市，他表哥有乾草，卻住在威斯康辛州。」

「對。」

「他想賣多少錢？」威斯康辛的乾草昂貴。

來電者說出的價碼低得出奇，一噸七十美元，是三年前的乾草價格。

「一定攙了一大堆雜草和刺薊。」

「品質保證啦。不然妳自己開車去看看。想買的話動作要快，他不想留太久。目前知道這情報的人只有妳一個。」他提供畢炯位於威斯康辛州迪斯克鎮的電話號碼。

「他的乾草既然這麼好，爲什麼只有我走運聽見這消息？」她問，但對方已掛斷電話。

她搭飛機前往威州的拉克羅斯，在機場租了僅剩的汽車，驅車前往迪斯克。金髮的畢炯．史密斯現年四十幾，身材纖細，圓形的頭長出橙色的鳥嘴鼻，使得他神似海鷗。乾草存放在寬敞而清香的穀倉中，他帶菲絲達去參觀。果然是上等的乾苜蓿，仍保有天然綠色。她從中抽出一束來檢查。在帶莖的乾草中，草葉成分的比例很大，而且整體富彈性而清潔。她也注意到，收割時正值苜蓿含苞待放。威斯康辛乾苜蓿是絕佳的牛糧。

「是第一批的收成嗎？」她問。

畢炯點頭。「拍賣的話，可以賣到更好的價格，不過戴布說妳是他朋友，急著要乾草。我猜你們懷俄明那邊的旱災很嚴重？」

她噘噘嘴，以挖苦的表情表示肯定，然後當場付現。將近六千塊錢就這樣飛了，她心想。

「我會儘快找戴布幫忙運貨，」她邊說邊摺好收據塞入皮夾。

「越快越好。我想搬家。」

「不搞農場了？」

「對。正準備去加州大學洛杉磯分校念電影。」

「眞的？你是去學拍電影嗎？」

「對。我是點子王。」

「喔，」菲絲達說，「點子誰沒有。」她隨即補上一句較中聽的話，「祝你成功。」

戴布在泥地洞躲沙塵，喝著第十一杯啤酒，抽著第七根菸，這時菲絲達進門四下張望，然後朝他直線前進，彷彿有人以粉筆在地板畫了線。

「哈囉，戴布。抽菸會污染空氣啦。大家都戒了，只剩你還在抽。言歸正傳，我去威斯康辛買了一堆乾草，想請你幫忙運回來，越快越好。明天就出發。」

「威斯康司頓！哇塞，要開過半個美國，在密西西比河另一邊咧。差不多等於紐約了。」

「沒那回事。地點在迪斯克，靠近愛荷華州的邊界。別裝蒜了，我認為你知道。」她早知匿名來電者的身分。「關鍵在於速度。你朋友畢炯想搬家，我急著要乾草。你得多跑幾趟。」

他露出狡猾的神色。「我的價碼不低喲，可能貴得妳唉唉叫。」

「所以才來跟你商量。」

「一噸兩塊半。」

「成交！」她幾乎不敢相信自己的耳朵。她原以為每噸少說二三十元。

「以每一哩計算，」戴布說。

菲絲達迅速運算出災情。這裡至迪斯克大約九百哩。二點五元乘以八十噸等於兩百美元，再乘以大約九百哩，等於——免談。

「簡直是公路搶劫嘛。超過十八萬耶。我那群牛都不值這筆錢。看來虎豹小霸王的精神永在。」

「菲絲達，妳可以自己開小卡車去載，一次帶一噸回來。不然也可以租一輛 U-Haul 拖車。如果勤勞一點，幾個禮拜應該就載得完。」

「你明明知道我沒空自己載。我這裡還有工作，有牛等我照顧。這樣吧，我一噸付你五十元，別算哩程了，這樣總共大約四千元。這錢我省吃儉用還拿得出來，你卻可以躺在羽毛床上像豬一樣盡情炒飯。」

戴布學豬叫了兩聲，然後說，「五千吧。」菲絲達悶悶點了個頭。

有人對點唱機投幣，杜威·尤侃開始演唱鄉村歌曲。

第一趟平淡無奇。戴布與畢炯喝了一瓶啤酒，將乾草捲搬上卡車後牢牢繫成兩條大圓柱，兩小時之後便啓程返回。回家的路上，他走偏北的路線，在明尼蘇達州的亞柏里鎮停車休息。本鎮曾紅得發紫，如今已褪成粉紅。戴布一找就找到鄉村搖滾酒吧電筒倉，喝了幾杯酒，凌晨四點之前開始頭痛欲裂。進入南達州後，他停車灌下四杯咖啡，吃了一塊野牛排，然後再抽一根菸，享用蘋果派，總算舒坦多了，可以繼續趕路。菲絲達請他在牧場大門附近的牧草地卸貨。

「載回第二趟之後再一次付清，」她說。隨後，她不敵戴布的苦苦哀求，只得預支給他一百元。

第二趟則是高潮迭起。他一開始就倒楣。他讓一個女人搭便車，結果這女人自稱在佛羅里達坐過牢，將女魔頭艾琳·沃爾諾斯當作最要好的朋友。他託詞開進休息站，建議這女人下車去上上廁所，然後趁機溜之大吉。爲了穩定情緒，他再次造訪亞柏里鎮，因此沒聽見氣象局發布的強風警報。等到他開進畢炯的牧場時早已過了午夜。畢炯不太高興，叫他睡在卡車上，等天亮再說。

他醒來時已經是正午。他花了四小時才搬完乾草，原因之一是陣風時速高達六十哩，原因之二是他在亞柏里抽完了所有香菸，伸手向畢炯要時又受無情譏諷，因此搬起乾草來心不在焉。接著他又發現忘了帶遮雨用的油布。

「管他的。濕了就濕了嘛。」

駕駛高噸位的卡車，後面載的是圓柱形的乾草，烏雲蔽天，強風陣陣，宿醉與菸癮又同步作祟，綜合上述狀況開起車來一點也不好玩，但戴布照開不誤。再次路過亞柏里時夜幕開始低垂，停靠電筒倉是天經地義的事。他對這家酒吧的評價僅次於丕微。他考慮搬家來明尼蘇達，但想法一閃即逝。只喝了四杯啤酒，他因此向吧台的美眉（居然叫得出他名字）道歉，解釋說他急著趕路。買了三包香菸供開車時解癮，然後告辭。走出酒吧後，他發現風勢稍微緩和，也看得見天空出現類似星光的東西。天氣有轉好的跡象。

由於啤酒喝得不夠暢快，未消的酒癮隱隱蠢動，因此來到湍流城時他找到快艇快酒酒吧，從便宜的小杯酒、酒泡滿溢的啤酒到杜威．尤侃的歌曲，樣樣不缺。不知喝了多久，兩名壯漢把他攙扶回卡車座位上，叫他酒醒後再開車。然而，兩人前腳尚未踏入酒吧，他已在方向盤前坐得直挺挺，摸索著香菸。一菸在手，自然而然可以發動上路。湍流城裡造型怪異的雙盞式路燈照得他眼花繚亂，交通號誌燈也看似天旋地轉，讓他繞了半小時才找到交流道，上了九十號州際公路乘風往西前進。一進入懷俄明州，他的心情立即開朗起來，打開第三包菸，再點一支來慶祝順利返鄉。他陡然發現嘴裡已經叼了一根，乾脆將抽到一半的這根扔向窗外，繼續趕路。他儘快下州際公路，因為他隱隱認為這時最好別碰上州警。等到他轉上前往沙克的馬路，距離麋鹿牙只剩四十哩，這時被他扔出窗外的未熄香菸總計十四根，多數刺進了乾草捲。

麋鹿牙鎮民不常見到火隕石墜地的情景，但果真出現火隕石，景象應該很接近戴布火燒車的場面。他的卡車成了火勢猛烈的圓筒，在暗夜中竄燒而過。由於時值三更半夜，有幸目睹的人不多，錯過精采鏡頭的人只得聽他們報導。描述最生動的人當屬菲絲達。她損失的不只有車上的乾草，前一批貨物也受到波及，因為火燒車行進時灑下火苗，引發無數草原大火，一路延燒至麋鹿牙，各地牧場被燒成焦土。戴布向菲絲達乞求預支的一百元已花在汽油與電筒倉。

「雙方大概可以扯平了，」酒保阿曼達・葛立布說。

1：Fiesta Punch，Fiest字義為喜慶；Punch，一種調酒名稱。

2：威斯康辛州拼法為Wisconsin，戴布大舌頭故意念錯為Westconston。

# 耶穌會挑什麼樣的家具？

旅人航過鼠尾海時，可以發現幾處孤立的小港灣，裡面矗立著耀武揚威的民房，四周以電動門守衛，也可以看見荒地上歪斜的貨櫃屋，以及隨時有坍塌之虞的風成岩與懸崖。也能看見十九世紀建造的木屋，除了多出一個小耳朵之外歷久不變。

大角山脈以東有座小盆地，成立了八九座牧場，豎琴牧場便是其中之一。此地原本是一大片牧場，蘇格蘭裔的主人於一八九七年撤退。當年有位密蘇里州的電報員巴久・沃夫司凱原想前去蒙大拿淘金，行經懷俄明時卻光顧一家俗稱路邊牧場的小吃店，炸鹿肉與咖啡下肚後，聽說此地牧草鮮美，隨即騎馬巡視這一帶一星期，最後依宅地法[1]在蘇格蘭母牛短暫逗留之地立樁劃地。

終年不乾的牛騰溪流經這塊地，兩岸點綴著棉白楊與柳樹，醬紫色的北美樺樹枝閃閃發光。當年此地仍屬開放空間，但逐漸有人以帶刺鐵絲網圈地自用。他以傾倒的杜松搭建狩獵小屋，遠去漢姆佛的妓女院娶回一位小姐。念在母親彈過豎琴，因此以豎琴來爲牧場命名。他自詡是懷俄明牧場人。他其實稱不上，但他的子孫夠格。

豎琴牧場代代相傳至吉伯特手上。吉伯特於一九四五年誕生於牧場，仍與母親住在老房子裡，過著人子的生活。他逐年在老屋旁增建木屋，一間比一間小，最後整棟房子形同以原木搭建而成的收縮式單筒望遠鏡。他經營的是養牛牧場，由於連偷懶的工人也難找，大小工作通常由他一人扛起。他人高骨架大，粗糙的皮膚似乎由舊皮面家具製成，嘴唇薄得近乎不存在，只在嘴巴出現一小道裂縫，打開時露出一嘴水泥色的牙齒。沒有一匹馬的耐力比得上他。儘管他肌肉發達，活動起來卻流暢敏捷。他散發出一種見人就想罵的敵意，彷彿剛被人侮辱過，幸好他以狂妄如雷的笑聲平衡這種態度，只是他爆笑的時機不太合宜。他喝一種他稱爲「鐵鎚」的咖啡上了癮，這種咖啡的濃度足以浮起鎚頭，烈度足以溶解鎚柄。

舊世界一去不復返，他明瞭這一點。不知爲何原因，一九五〇年代某日的情景時常浮現他的腦海，影像鮮活程度令他嗅得到泥巴，聞得出濕岩的礦物味。當年所有牧場主人與幫手投入修路工程。那年的春天多雨，從此連續十年乾旱，吸盡了懷俄明的骨髓。京凌與歇勒頓之間的郡道穿過七座牧場，長約五十哩。大量山雪融化後將這段路浸泡成沼澤，油泥巴與止水形成大攤泥沼，人車無法通行。郡政府缺錢。牧場主人將原木與木塊扔進最深的溝槽，幾分鐘後卻沉得不見蹤影。有些洞深達三呎。如果牧場人想進鎮裡，不是設法自行治洪，就是等著爛泥乾涸。四月某天早晨下著毛毛雨，父親站著喝咖啡。

「怎麼樣，小吉？想不想一起去？」

父親的座馬是沙色的布奇。父子騎馬上路後雨雖停了，沉重的烏雲卻仍隨陣陣強風飄動。吉伯特緊抓著裝有午餐的豬油桶。他們騎到了目的地，看見手持圓鍬的男人散立路邊。道路附近有段舊圍欄仍屹立不搖，男人將工具、午餐桶與酒瓶靠在欄柱上。有幾人將夾克甩在地上。他父親將布奇拴在一根柱子上。

大人忙著疏通路旁水溝與涵洞、挖掘新的排水渠、鋪設短條狀水道、搬運砂石，小吉伯特也拿著壞掉的鋤頭奮勇亂挖。老漢邦諾卻叫他別在這裡礙事，否則要砍掉他雙腳，他一聽只好走向飽經風霜的舊圍欄找石頭與樹枝玩。石頭無一乾燥。他以泥巴與礦工燭草的斷梗圍出一座遊戲場，以石為馬，玩起牧場家家酒。強風吹跑了壞天氣，中午未到，天空已經出現斷斷續續的藍色。

「放暖了，」一男人伸伸腰大聲說。太陽照在他的耳後，他的耳朵將日光轉成苦櫻桃果醬的顏色。

午餐是冷豬肉配水煮蛋，吉伯特似乎從未嘗過如此美味的食物。母親在午餐桶底下準備了兩塊正方形的白蛋糕，質地粗糙，上面裹有花生醬的糖霜。父親對兒子說，喜歡的話兩塊都給你。在回家的路上，布奇輕緩的腳步晃得吉伯特睡著了。回家後，母親見他沾了一身泥濘，氣得嘟噥起來。隔天早上父親外出修路時不帶他同行，他因此大哭大鬧，母親賞了他幾巴掌，叫他閉嘴，他才安靜下來。工程持續了一星期，完工後連卡車也能通行。吉伯特首次坐車路過時，放眼尋找著他的家家酒圍欄。他看得見一根礦工燭草的梗。其餘已全被風颳走。石馬仍在。事隔五十載，路面鋪上了砂石，坡度過陡之處也由郡政府填平，但他每回路過同一地點必定多看幾眼。那段舊圍欄如今只剩一根樁。草原吞噬了他的石馬。

吉伯特繼承了牧場後，擴充了兩塊引水灌溉的苜蓿田，因此即使久旱不雨也足夠讓牛群熬過冬天，收成好的時候，也可以轉賣給歉收的牧場。這兩塊苜蓿田讓記帳簿不至於出現赤字。他也想出了幾個開源的點子。他開始自行屠宰牛隻、包裝牛肉，以繞過只賺錢不做事的中間商人。無奈附近的商家比較喜歡大連鎖的供應商。因此他開了自己的牛肉店，成立了冷凍屠宰廠以及冷藏設備。他在報紙刊登廣告以招徠小衆型的顧客，最後有六七人上門，只可惜這些顧客消費的牛肉不夠多，吉伯特的這項生意做不起來，而且市區有個女顧客抱怨碾碎的牛肉裡有骨頭屑。他後來開始養火雞，看準了感恩節與耶誕節的市場，銷路卻一直低迷不振，即使在火雞脖子掛上一串串蔓越莓也無濟於事。他的母親花了好幾天串成蔓越莓項鍊，可惜顧客要的是超市裡以保鮮膜包裝、預先塗抹過肉汁、雞胸飽滿如賭城脫衣舞孃的火雞。母子倆只好自己吃滯銷品，母親將吃剩的火雞製作成罐頭。春天不到，他們一聞到火雞湯就反胃。

此地最初的圍籬以原木製成，材料不是縱劈的樹幹也非細杆，而是粗大的原木，至今仍有幾道挺立在最靠近森林區的高草地中，但多數圍籬已被五絲捲成的帶刺鐵絲網取代。他依稀看得見沉重的原木壓得地面凹陷。那道圍籬以一根根完整的樹幹搭成，當初祖父找來了多少壯丁幫忙？吉伯特花了不少時間修補鐵絲網，因爲鐵絲失去了原有的延展性，他只好以粗細不等的鐵絲來東塡西補。十年前某個炎熱的下午，他咬牙修補鐵絲網，放眼尋找樹枝之類的東西來旋緊一條以對角線交叉的固定鐵絲，卻只找得到一根枯白的牛腿骨。這根枯骨帶有滑車骨節，似乎天生注定用來旋緊圍籬的鐵絲網。由於成效良好，他收集了牛骨應用在另外幾十個地方。除此之外，他也在轉彎處的木樁上釘了土狼的顱骨，爲豎琴牧場增添了一許騰騰的殺氣。

他最能彰顯牧場主人頑固的個性，死抓住牧場的大小事物不放。他做事自有一套奇特的方法——吉伯特．沃夫司凱，一旦採取立場後絕不撤退。鄰居以「自給自足」來形容他，但其語調卻暗示另有所指。

豎琴牧場以北七哩的樹根洞路上住了寇登海夫婦小梅與吉姆，年齡與他相仿。他與小梅是小學同窗，當時小梅的姓是艾爾溫。時值戰後的五〇年代，艾森豪當家，積極建設州際公路，外人得以進入懷俄明，使懷俄明從此改頭換面。小梅的哥哥賽德里．艾爾溫是吉伯特的拜把兄弟。賽德里本性善良，塊頭高大，手臂卻纖細。吉伯特追了小梅一年，心想自己終將成為賽德里的妹夫，但小梅一路誤導他，最後在一九六六年耶誕節與吉姆．寇登海閃電結婚。吉姆的老家在蒙大拿州，目不識丁，在艾爾溫家擔任牧場工人。小梅教他識字後，他總算能大致看懂報紙。

「眞衰呀，老弟，」賽德里語帶同情。他帶吉伯特去爛醉兩天，一方面安慰吉伯特，另一方面向賽德里接到的入伍通知致敬。

小梅與吉姆的婚姻並非無前例可循。眼光遠大、耐心過人的區區一介牧場工，走典型的高攀路線——娶牧場主人的千金——才可望擁有自己的一片天地。圖謀報復之下，吉伯特參加了一場新年舞會，認識了蘇西．紐，十天後向她施壓，迅速共結連理。

蘇西天生骨架小，身材苗條，手腕如幼童般別具法國風情，相形之下吉伯特身高六呎四、頸項粗如牛、肩膀寬厚。她的手指靈巧，具有刺繡的天分。兩人相處的最初幾個月，吉伯特樂得昏了頭，逢人就誇她手藝高超，替蜂鳥縫一件牛仔套褲也不成問題。她沉默寡言，不喜歡爭吵叫罵。她舉手投足謹愼，習慣沉思，自絕於外界。她相信自己是非常注重隱私的人。她對噪音很敏感，一絲絲異常聲響就能讓她難以成眠——閣樓木柱的吱嘎聲、漸起的風聲、浣熊擠進房屋側板與廚房地板下的聲響。她任憑吉伯特逼婚，幾天後便因自毀人生的抉擇後悔莫及。

自小到大，她聽慣了也感受慣了懷俄明的風。她年幼時有一天站在路旁等校車，這時一陣春風襲來，新鮮又溫馨，混合了松脂香，吹得心中的幸福感油然而生，令她樂不可支，而充滿生趣的春風也吹來閃亮的新希望。她愛上了那天的春風。而牧場上的風卻不一樣。她逐漸明瞭氣流無常而不懷好意的一面。這棟牧場房位居盆地，而盆地的西北方有個缺口，強風從這個缺口灌入後直擊房子，毫不留情，終年無休。房子在強風吹襲中顫抖，勁風如水壩潰堤般沖刷房屋兩側。冬天時房子在風中載浮載沉，虛擊實擊，週復一週。她低著頭出門走向卡車時，強風拉扯著她的衣物，攢起她的袖子，將頭髮吹成糾結不清的小丑頭。吉伯特似乎沒注意到，但話說回來，她心想吉伯特大概把這風當作是他自己的，無疑對強風的這種強勢佔有慾感到自豪。

賽德里遠征越南。吉伯特儘管身強力壯，卻因鼻孔長了息肉獲判不適役。賽德里不幸被越共俘虜，在竹籠裡待了數年，返國後變了一個人，經常因餐盤碰撞聲或卡車過橋這類毫不相干的事無端發脾氣。醫生認為他情緒不穩，必須有人看護，因此他搬去與小梅與妹夫吉姆同住。賽德里爆發火氣時，小梅有辦法安撫他。她從小與賽德里親近。她幼年時每作噩夢就起床進入走廊，來到哥哥晚上無月光的朝北房間，上床尋求哥哥的溫暖與護衛。她嫁給吉姆六個月後生下第一胎，下種的人有可能是胞兄，照此推理的話也不能排除吉伯特,甚至連吉姆也有可能。接下來幾年,每次吉伯特造訪小梅家,無不仔細端詳派蒂[2]?希望看出她長得像誰,卻始終無法達成結論。

賽德里飽受越戰夢魘的折騰。有時爲了讓小梅有喘息的機會,吉伯特會開車載他遠赴夏延的退伍軍人管理局醫院看心理醫師拿藥。由於往返需時兩日,他們在汽車旅館開個房間過夜。看過醫生後,賽德里常變得興奮而長舌,吉伯特凝神聽他敘述受折磨的往事與同袍之死。唯有在這些時候,賽德里才變回了吉伯特的童年老友,儘管話題令人膽寒,他卻說得既興奮又認眞。但賽德里沾不得威士忌。他們嘗試了一次,發現威士忌讓賽德里情緒激動,不僅搗毀了旅館的家具,也朝天花板的電燈嗥叫。

二十世紀結尾時,吉伯特已經五十五歲,陷入牧場工作的惡性循環中,錢少事多,旱災也不時湊上一腳。這裡的氣候越來越乾燥,蚱蜢在四月提早報到,意味著八月免不了一場蝗災。他腳踩草地時,乾草發出蛋殼碎裂聲。鹼塵肆虐之下,大地景物變得沉悶無色彩,鼠尾草、青草、石頭與土地本身全暗淡無光。每當車輛路過,一陣細粉塵雲隨之擴散,然後徐徐落下。空氣被烤得氣味盡失,只剩淡淡的白堊塵氣息。白堊塵嗅起來近似舊厚紙板。他察覺到能出差錯的地方層出不窮,也瞭解自己對牧場問題的掌握不夠精準。

四面八方搬來了手提行李箱的暴發戶牧場人,有的是換跑道的加州房地產仲介,有的是光鮮派頭的醫生,有的是退休的可樂公司主管。豎琴牧場相形見絀,在在顯得寒酸破敗。暴發戶注意到吉伯特的院子散放著枕木，下面壓著層層鋼板，一疊扭曲的木椿裡住著花栗鼠，老屋旁增建的木屋連成一長串。暴發戶急著炒地皮，見狀認為適合逢低買進，因此向吉伯特出價。這些人打算推平他家，另建豪宅與留宿賓客的小木屋，吉伯特從他們的眼中看得出來。賓客木屋一詞讓他退避三舍。

「那些有錢的混帳，個個人品低級，連被馬車壓扁的蛇屁股都比他們高尚，」他告訴母親。「我跟他說，這地方是我爺爺立椿劃出的牧場，你這個加州兔崽子敢再進來，小心我開槍射爛你屁股。我盯著他眼睛，他總算聽懂了，臉色變得好快，還忍不住放了個屁。」

母親訕笑一小陣。

此地氣候向來乾燥，即使是雨量豐沛的一年，在地人也不指望總雨量超過三百公釐。碰上乾旱，雨量則腰斬一半，他則看得出牧草地蛻變為沙漠的過程。這一帶的鄉野想投入沙丘與響尾蛇的懷抱，巴望著刮除猶如扁虱的人類。青草與乾草短缺，逼得他不得不減少牛隻。他的乾草不足以餵飽自己的牲口。種種跡象顯示牧場業的風光不再，但他左躲右閃，硬是不肯承認。他怪罪政府，怪罪鹽湖城，因為他說那些該死的摩門教徒為了辦冬季奧運，拚命以人工方式讓飄過鹽湖城的雲降雪，使得雲層在飄抵懷俄明前已無水可降。他在自家牧場挖掘的井深達一千一百呎，井水帶有鹹味。一九三〇年代連年乾旱，五〇年代又鬧旱災，他父親兩度築起土壩蓄水供牲口飲用。降水豐富時，土壩累積了不少水，但如今淤沙嚴重，乾涸見底，雜草叢生，成了人見人嫌的土坑。他在土坑之一堆起大疊乾草叢，逐年堆高，打算下第一場大雪時放火融雪。

經常有人來騷擾他。有個新鄰居斥資百萬，在豎琴牧場旁蓋了一棟超級豪宅，進而想開條近路穿越牧場而過。一位鼻梁修長的漁獵部生物專家向他嘮叨，他搭的圍籬阻擋到羚羊的往返路線。也有獵人想射擊他養的鹿。有個愛管閒事的女人剛修完農學院的課程，某天頂著農業推廣局的頭銜過來數落他，說什麼溪岸長期受牛蹄踐踏會出現土壤流失的現象，應該加以保護；放牧時應該採取輪牧制，以免導致過度啃食草地的情形。

雖然他現在單身，與母親同住，他卻深諳婚姻生活的甘苦。前妻蘇西於一九七七年春離他而去，帶著兩名幼子蒙提與羅德遷居至六十哩外的歐勒頓。吉伯特拍桌加重語氣說，這兩個孩子從小缺乏父親的指導與榜樣，注定一輩子悽慘。男孩子應該在牧場上長大，被剝奪了機會恐怕造成心靈創傷。

「想看兒子的話，幹嘛不來歐勒頓看個夠？」分居後蘇西以電話向母親發牢騷。她提高嗓門，語音短促，「妳也知道，我在那座牧場上花了幾年的心血，一直沒有眞正的起色。沒雨的時候缺水用，有水用的時候水卻髒兮兮。冬天的時候進出門都成問題。沒有電話，沒有電，沒有鄰居，他母親嘮叨不休，另外還有家裡的工作！他把我累慘了。『做這個，做那個』，不照做他就變臉。要我把那棟老房子清理得一塵不染？辦不到。他有五十個機會可以賣掉牧場，學正常人去找份工作，就可以過個像樣的生活，他卻不肯。我死也不要再過那幾年的日子。」她去意已決，個性中頑固的一面立刻浮現。但吉伯特拒絕離婚，因此分居階段與對峙局面一拖就是幾年。

她在市區的胖小子超市找到收銀員的工作。兩個兒子大到可以跑腿送報紙時，她立刻叫他們週末與放學後去打工。她對錢感興趣，教導兒子認識比牛與債更美好的事物。

胖小子超市的工作並不理想，不僅薪水低，她也討厭反覆向顧客說「祝你事事順心」，因爲有些顧客欠揍，最好被惡魔拿開罐器當馬刺狠狠騎一頓才過癮。所以有天她另謀高就，爲郡財政部長整理檔案。如此一來，吉伯特的房地產稅與汽車註冊資料全落在前妻手裡，他越想越不是滋味。

她的拖延戰術令吉伯特大喊吃不消。有天他進市區去她新家大吵一架，就此死心。她買了一棟磚造舊巨宅，院子以優美的鐵圍牆圍起，裡面種了幾株大樹。這棟房子於一八八〇年代落成，屋主是芝加哥富商，一年只住兩三次，用來就近管理牧場的投資。蘇西怎麼買得起，吉伯特並不清楚。兩人爭論一陣後破口對罵。吉伯特雙腿張開站著，手臂自然下垂。對方若是男人，一眼就看得出情況不妙，但她仍不停怪罪吉伯特，罵得他凶性大發，重重賞了她一耳光，她也不甘勢弱，使勁扯下他正面一撮頭髮，落髮處清晰可見。她發威後奔進房子後方報警。警察上門後，她指控前夫動粗，以臉頰上紅紅的手痕爲證。

「這個做何解釋？」吉伯特指著血淋淋的頭皮大喊。但警長置若罔聞。警長布蘭特．史密奇是他的遠房表哥。離婚手續總算辦妥，兩人協議如果他週末想找兒子幫忙照料牧場，必須親自開車來接他們，而且不准讓他們做白工。蘇西表示，分居這麼久，他幾乎對兒子的生活費一毛不拔，這項協議至少能逼他盡點微薄的心意。他提出抗議，提出兌現過的支票證明雖沒能讓兒子過奢華的生活，卻絕對善盡了心意。

「既然你自認不公平，」她說，「那就法庭見。」

兩個兒子來牧場時百般不情願。吉伯特只在工作應接不暇時才電找蘇西，命令兒子過來幫忙——春季烙印、修補圍籬。他們臭著臉，嘟嘟噥噥地讓父親拖著他們幹活一個週末。他們會向祖母撒嬌，看見牛交配時低語竊笑。他們只想騎馬。缺乏勞動心。吉伯特心知肚明的是，他一壽終正寢，兒子勢必儘快賣掉牧場。總有一天有人會在牧草地發現他，屍體已經僵硬，一手仍拿著鐵絲剪。或者他的下場會像父親一樣。他在一九五八年發現父親跌入充滿泥濘的灌漑渠中溺斃。他的斯土斯情將永遠無法傳遞給下一代。這全怪蘇西，因爲她搶走了兒子，逼他們脫離生父與牧場。

他對此地的忠誠已不算祕密，因爲即使外人也能隱約察覺到，他對從小生長的這片牧場擁有一份灼燙的熱忱。他那對佔有狂的視線落在遠山形成的白牙上，落在溝渠與沼澤，落在印第安人製造刮刀與箭頭的石塊掉滿地的乾谷。最令他動容的莫過於對牧場的這份情，勒得他喘不過氣，如紋身般刺在他心坎上。牧場是他的。彷彿他喝乾了魔杯，而魔杯裡滿溢名爲「擁有慾」的祕藥。儘管牛騰溪兩岸曾被世世代代的牛群踐踏成泥地，一毛不生，儘管沿岸僅剩一兩處仍見蓊鬱的綠柳，溪岸環境的破壞發生得極爲緩慢，他始終沒有察覺異狀，因爲他總認爲牧場之美恆久不變，不受光陰推移的影響。牧場只需年輕人來維持。因此他絞盡腦汁，想盡辦法讓兒子前來愛上牧場。

一九八二年，蒙提十四歲，羅德十二歲。吉伯特將卡車停在蘇西家門前等著接兒子，卻聽見蒙提在家裡以轉大人的破嗓對母親咆哮，「我不想去啦。那裡好臭，而且找不到事做。」這話令他無從躲避兒子痛恨牧場的事實。不知何故，兩個兒子逃過了土地佔有慾的遺傳，而他也直言批評他們這一點。無計可施之下，他只好設法將牧場整理得舒服一點，希望討一討兒子的歡心。他請電力公司架設電桿，牽好電線，所費不貲卻毫無作用，因爲兒子前來的次數不見增加。若硬說電力帶來了好處，唯一的好處是他買了小電視擺在客廳裡，他可以躺在沙發上，蓋著母親縫的碎布棉被，觀賞男人肉搏南美巨蟒、騎著摩托車由內滾動大木桶。他的母親也喜歡看電視，卻對大部分內容感到震驚。

「多少可以殺殺時間嘛。只是我搞不懂，這些傻瓜是哪裡找來的，怎麼願意隨便讓人打打殺殺？」

他並不寂寞。家中有老母，他在教堂擔任執事，他也是養牛戶協會的一員，左鄰右舍舉辦同樂晚餐與烤肉會時他也出席，此外他大約每月一次開車進市區喝得半醉，買個女人，然後在旭日東昇前趕回牧場。他不是退伍軍人，但他認識不少越戰老兵，經常陪老兵朋友去海外退伍軍人協會喝酒，聆聽越戰的逸事。

他一向對越南感興趣，沒人比他更凝神注意戰爭的報導。他很好奇的是，戰事究竟有何奧祕，居然能徹底改變一個人，使得戰後歸鄉的同窗一個個被所見所聞與所受的折磨留下不同印記。他認識他們，卻也不認識他們。賽德里回國後變得瘋癲易怒；羅斯．弗列徐曼返鄉後成了吹牛大王；比特．基辰從此深居簡出，住在家族牧場後方的運馬拖車裡避不見人。威利斯．麥克尼特也少了一根筋，嗓音變得死氣沉沉，整天愁容滿面。越戰已成了多年前的往事，但話題一轉到越戰，他們個個情緒激動，弗列徐曼有時雙手捂臉痛哭。另外，有些人一去不回：陶德‧黎闊茲、霍華‧馬爾，以及他不認識的幾個人。每次一想起他們，他的腦海會浮現這句詩詞：「拉美西斯法老王掌握的祕密，如今眾人了然於心。」他的母親那一代念書時興背詩詞，其中一首名爲〈小麥蒂〉，詠嘆的是一位撒手人寰的十三歲少女。這首詩牢牢烙印在母親記憶中，而最盪氣迴腸的就屬這句「法老王掌握的祕密，如今她也了然於心」。她從小到大不斷引用，有時詩心大發，仍能完整背誦出許久前在懷俄明的迷你小學裡學到的這首詩，仍不忘抑揚頓挫，讓兒子大飽耳福。

吉伯特聆聽著老兵的敘述。他想瞭解自己錯過了什麼。越戰是他這一代的大好機會，而當時年輕力壯的他卻無緣躬逢其盛。他心想，感覺好像他們學了另一種語言，因爲弗列徐曼霹哩啪啦講著滴滴貓（快走開）、Agent Orange落葉劑、波酷（好多）、喬弟（兵役體檢不合格者）、一〇五（轟炸機）、偉立‧皮茲（白磷）、以及凱霸（軍刀）。他也聽過富白、溪生、廣治等地名，好奇這些地方在越南是否相當於羅林斯或熱波里。與其說他的老兵朋友是悲慘的受害人，其實他們更像會員制俱樂部裡特立獨行的會員。他覺得自己像局外人。他們勝過他一籌。

舉辦八月牛仔賽時，麥克尼特坐在他後面。他從沒碰過這麼熱的夏天。馬兒氣喘咻咻，汗水在皮毛上結晶成鹽，蠻牛則垂頭站在窄欄裡，虛弱地衝撞。剛才在獸欄裡發生一件離奇意外。牛仔賽的場地老舊，歷史近七十年，到處是木樁與木頭圍籬，一個男童提水給表演套繩索用的小牛時跌了一跤，或是被牛踢倒，不料一臉撞向木刺滿布的木樁，被一條細長的木刺戳進眉毛下方，踉踉蹌蹌地步出獸欄，直覺上以手背止血，但鮮血仍沿手流下。他並沒有呼叫，只是跌跌撞撞走進眾人的視線，鮮血從手指間滲流而出，引起觀眾驚呼。救護車載走他後，吉伯特有點自言自語地說，「那些木樁早該拆掉了。換上金屬的多好。」

「我在越南看過類似情況，」麥克尼特坐在後面說，語調平緩而沉重。麥克尼特有個兒子在大學主修人類學，小名是「蠢雞」，隨口講出了一個半生不熟的理論，主張古人之所以開始栽種稻米是因為蠅蛆短缺，而當時的人類就是以蠅蛆為主食。如果聽他解釋，久而久之他有辦法讓人信以為真。「我們那時候在停火地帶，身邊有個小子被射中了眼睛。他說，『我的眼睛中彈了，』連續講了五六遍，音量很小，好像他不太能接受似的。應該是沒辦法相信吧。後來他躺在我身邊，開始又踢又扭，每踢一下，血就從他眼睛噴出來，活像學校的飲水機。」

「天啊，」吉伯特說。「他有沒有——？」

「死了。小毛頭一個，才十八歲，比蠢雞還小。他不敢相信自己中了彈。我那年十九歲，碰到這件事之後，我感覺像老人一樣。」

「你不算老啦。拜託，你跟我同年咧。」

「對。」這話宛如石頭重重墜地。

一九九九年，吉伯特的母親收到一封看似政府寄來的信，寄自加州產物分配部。她拆開來，發現有個加州人過世後將大筆財產留給她，而她只需塡妥信封內的表格寄回，六至八週後即可繼承那筆財產。她花了兩小時塡入地址、社會保險號碼、出生年月日、銀行帳號以及其他無聊的細節。由於塡表格時坐了太久，左腿因而痲痺，她想起身進廚房泡茶時卻膝蓋無力，跌跤後摔斷了臀腿骨。

她康復得非常緩慢。即使骨折處已經癒合，吉伯特仍須每週載她到歐勒頓接受復健。他有時納悶，母親老是在電話上與死黨聒噪不休，而這些死黨多數還能開車，她爲何不找她們來接送。母親是美式足球賽的忠實觀衆，他常聽見母親跟她們大談球經。

「我喜歡熊隊，永遠也看不上包裝工隊。」

吉伯特問她爲何不找露西或孚苓或海倫開車接送，她說，「她們又不是家人。假如醫生想告訴我壞消息，我希望身邊人是血親而不是不相干的人。」

她接受復健治療時，吉伯特會去多風的市街散步。等候室通風不良，他不想坐在塑膠椅上苦等。他走進唱片行看CD，對衆多新潮、傻氣的團名感到好奇。不同種類的CD以塑膠板隔開，其中一類屬於「其他」，包含了鳥鳴音樂、踢踏舞曲、全球蒸氣火車的汽笛聲等等。最後一片CD名爲《憶越南》，封面是全身污泥的步兵仰首凝視著直升機，後面列出的曲名有〈激戰〉、〈砲彈碎片〉、〈美軍越南網〉、〈叢林巡邏隊〉、〈雨〉、〈裝甲運兵車隊〉。他掏腰包買下。

開車回家途中母親說，「再去復健幾次好像就夠了，謝天謝地。等候室那些人有的怪裡怪氣的。有兩個女的聊著她們上的查經班。其實有些查經班聽來還跟得上時代，想把《聖經》和現代扯在一塊兒。不過她們上的查經班卻討論到，假如耶穌出現在歐勒頓，耶穌會做什麼事。這話題引發了大夥討論的興致。她們開始猜耶穌會找什麼樣的工作。她們兩人一致認爲耶穌一下子就能在工地找到事做。耶穌會買房子嗎？是買貨櫃屋？還是一般民房或公寓？接著兩人討論到家具。耶穌會買什麼樣的家具？你知道嗎，有時候旁聽到別人講話的內容，自己也會忍不住動腦筋起來。其實她們聊的東西跟我沒關係，不過我就坐在那邊，腦子開始也跟她們一樣胡思亂想，猜猜耶穌會不會買楓木搖椅，或是買思高潔布面的沙發。」

她在骨折前一個月買了幾塊色彩鮮艷的廚房用海綿，其中一塊是紫色，她逐漸對這一塊產生了感情，從不用來擦拭油污或不愼潑灑出來的飲食。某天早上，吉伯特不小心將咖啡灑在流理台上，拿起母親鍾愛的海綿開始擦拭。

「搞什麼！別用那塊——拿粉紅色的那一塊嘛。呆頭鵝，紫色的我要留著用。」

「用在什麼地方？」

「用來擦好杯子。」她指的是薇波祖母留給她的金邊水晶酒杯。自從他有記憶以來，那些酒杯一直倒置於碗碟櫃裡，從未取出使用。碗碟櫃的酒杯旁擺了一幀祖母的相片。祖母一襲黑絲斜紋織洋裝，充滿了哀悼氣息，狀似冷凍乾燥後的物品。

「郵差死到哪裡去了嘛？」他母親邊說邊拉開窗簾，望向馬路上揚起的塵雲。

過了幾天，他在前往銀行途中才有機會鑑賞CD。他聆聽著樹葉沙沙低語、蟬鳴、蟋蟀聲、迫擊砲、片段的對話、敵火來襲、軍卡內感受到直升機震耳欲聾的音波、一種嗚嗚叫的鳥類，聲音近似兒童對著厚紙管鬼叫。他越聽越入迷，聽完了再從頭聽起。然後再聽。

星期六是上市場的日子，母親卻說，「我不想去了。我們需要什麼，你買回來就是了，雞蛋和麵包，咖啡。只要看起來不錯的就買回來。反正我最近沒什麼胃口。我想等郵差。我在等我的信。」

他買完了日用品，駛出市區前路過圖書館，繼續前進了兩哩他才想到書——以越南為主題的書籍——因此掉頭回市區。圖書館只有三本，被他一口氣借光，回家後晚上躺在床上閱讀，最後以書蓋臉見周公。一覺醒來，他又驚又叫，以為有東西壓得他快窒息了。他嘴裡吐出的濕氣在書頁上形成一輪圓窩。

不久後，他母親的狀況開始惡化。她常看著兒子說，「吉伯特去哪裡了？一定溜出去玩了。叫他去搬柴火裝滿柴箱。」後來她會對吉伯特說，「飯菜你得自己料理了。沒有柴火，我煮不成東西。」這話令他愧疚得心疼，因為幼年時他確實幾度逃避搬柴薪的職責。除此之外，她不斷詢問郵差是否來過，最後吉伯特被問煩了，「難不成妳在等總統寫信給妳？」她搖搖頭，不發一語。

進入千禧年的前一年，吉伯特的長子蒙提三十二歲仍未婚，一頭黑髮，人高馬大，在科羅拉多州從事屋頂修繕的工作。吉伯特多年未見他。小兒子羅德住在歇勒頓，距離母親家僅有一個街區之隔，工作地點卻在五十哩外的野牛鎮，在一家錄影帶出租店上班。他已婚，育有一對雙胞胎女兒，吉伯特只見過一次，從未摸過或抱過。小雙胞胎也從未去過牧場。兒媳黛波拉也上班，在「平等牛仔」旅行社負責接聽電話。吉伯特有時夢想兒子能多生幾個，最好是男生，而孫子最好能夠愛上牧場，長大後領悟到沃夫司凱家族祖產之美。他希望孫子能如他一般疼惜這塊土地，在他西歸時接管牧場。

吉伯特的母親儘管步履蹣跚，脾氣也暴躁，年高八十一卻毫無駕鶴的跡象。紫海綿雖然褪色了一些，大致上仍完好如初，仍舊嚴禁閒人使用。她習慣亂翻書桌抽屜尋找紙筆，找出一本可向上翻頁的小活頁簿。她在廚房桌前一坐就是幾小時，彎腰在筆記簿上寫字，思索著用語，偶爾寫下一些字或者全部擦掉，或者撕下被寫爛的一頁揉成一團。

「媽，妳在寫什麼？自傳嗎？還是女牛仔的詩歌？」

「不對，」她說著以手臂圍住筆記簿，不讓兒子看見內容，酷似學童應考時預防被鄰座偷看的舉動。

三月某一日天氣嚴寒，他跑一趟市區的牧場器材中心，因為他訂購的二手飛機輪胎已經送到，他要用在家中的除草機上。如果這星期天氣放暖，修好除草機車輪後將用來拔除方圓三哩的鼠尾草叢。市區內的銀行溫度計顯示華氏零下二度（攝氏零下十九度），寒風吹襲之下感覺如同冰封的地獄。他訂了一片披薩。開車回家的路上,雲層逐漸密集,他邊嚼著布滿起士的披薩,一面轉進牧場的車道,這時空中開始飄下細雪。

屋子裡寂靜無聲。他認為母親可能在午睡,不想吵醒她,因此進入工作室更換除草機的輪胎。太陽下山的時辰逐日往後推移,他一直忙到黃昏才收工。走回屋子裡,仍是一片死寂,他不禁煩惱起來。平常此時母親最愛收看刑案節目。他到母親的房間敲門。

「媽!媽,妳沒事吧?我要開始煮晚餐囉。」沒有回應。他開門發現母親再也不想吃晚餐了。

他進而發現母親的銀行存款總額為零,大感震驚。母親究竟把錢花在什麼地方,他百思不解。他記得母親骨折時曾說,銀行存了六千美元,用途是「呃—你應該知道。」他的確知道。是她的葬儀費用。為了安排一個像樣的棺材,他得東湊西湊才籌足款項。

清理她房間時,他不期然看見那本活頁簿,裡面滿是筆調悲哀的信,對象是加州產物分配部,詢問的是遺產何時入帳。她最初接到的通知函夾放在筆記簿最前頁。他撥了通知函底下的電話號碼,得知線路已成空號。吉伯特開始猜想母親可能碰上了詐騙集團。他致電史密奇警長,問他是否聽過加州產物分配部。

「當然聽過。你接到通知了嗎?他們說你獲得一批遺產,跟你要銀行帳號,對吧?別上當了。別回信。把信送去郵局。他們正在追查郵件詐欺集團。」

母親過世後,文明開始從他身上剝落,猶如母雞脫毛換羽一般。事隔短短幾星期,他已開始拿著平底鍋直接用餐。

牧場世界常見災情漸次惡化的現象，此時即為一例。乾旱的情況越來越嚴重，如同八目鰻吸盡了此地的精髓。光是去年，他曾瞥見數十輛漆有都市計畫委員會的卡車在塵土路上飛奔而過，知道大公司在他牧場附近的土管局土地開採煤層甲烷。大公司將帶鹽的廢水抽入龐大的廢水池裡，水中飽含有毒礦物。這水用不得，他知道，但他覺得諷刺的是，在如此乾旱不毛的天地，居然存在著中看而不中用的水資源。他從前一向投票給共和黨，力挺能源開發，因為窮鄉僻壤創造工作機會的上策是開採資源。然而，當毒水從廢水池滲入地下水，流進了牛騰溪，再灌入灌溉溝渠，影響到他的苜蓿田，甚至也滲透了家用井水，他才發現廢水正在毒殺牧場。

他予以反擊。他與其他牧場業者一樣，再次自認被州政府與聯邦政府欺騙，憤而書寫陳情信，出席鎮民大會抗議大公司開採煤層甲烷的行徑，抗議大公司開發無數工業用路與鑽氣井，出動重型卡車，破壞了鄉間原貌。鎮民大會的氣氛詭異，因為生態保護專家以及粗魯的牧場人總算共聚一堂，觀點首次出現交集。他看見中小學老師丹．莫爾漢也出席鎮民大會。莫爾漢屬於自認悲天憫人的自由派人士，成天嚷嚷著環保，但吉伯特聽見他承認牧場人是對抗大公司濫採的最佳防線，牧場與牧場人維繫了傳統的西部風貌，令吉伯特聽了備感窩心。瓦斯公司的代表或政治人物出席大會時，現場爭論之聲不絕於耳，最後民眾聯署陳情書，有些人憤慨之餘下筆過重，連陳情書都被筆尖扯破。只可惜下筆再重也無濟於事。

大公司照鑽照鑿，毒水照常滲流，他土地上的青草、鼠尾草、苜蓿照樣枯死。無計可施之下，他只好緊抱祖產不放。

鄰居法蘭．邦哈摩的電話來得令他不知所措。時間是七月四日國慶日上午。

「蘇西的事真令人難過啊，全被登在頭版了。」

「什麼意思？」他問。「頭版登了什麼？」

「侵吞公款被抓去關了。禮拜一的報紙有寫。」

「什麼！」他說。法蘭的語調微微帶有大勝一場的意味，有幸災樂禍之感，但他無暇解析，只是儘快掛電話，開車進市區找來一份三天前的報紙，親眼閱讀到前妻多年來不斷侵佔稅款的報導，得知前妻以他無法理解的複雜方式利用電腦將錢祕密轉入私人帳戶。

他前去郡立看守所會客卻被拒見。

「她不想見你。被羈押人有拒絕會客的權利。」

國慶日這天市區商家半數休假，雖然下午一點遊行才開始，人行道已聚集了一群群民眾。情急之下他開車去野牛鎮的錄影帶店找小兒子羅德。錄影帶店今天沒休假，窗戶掛著紅白藍的綵帶。一張大海報寫著：

牛仔賽！七月四日至十日！

看見兒子時，兒子正將俗麗的錄影帶盒放上架子。他站在兒子後面，注意到兒子漸稀的頭髮，感覺到時光急呼呼流竄而過。

「羅德？」他說。羅德轉身過來。

「爸。」兩人對看了一陣，兒子的目光往下偏移。吉伯特嗅得到兒子的刮鬍護膚水。他一輩子從未用過這種東西。

「我是來——我是想——唉。你媽媽的事？」

「知道了。想一起吃lunch（午餐）嗎？」兒子問。

「你是說dinner[3]？」

兒子對這種古老的說法感到臉紅。「對。『dinner』。一起去肯德基，坐在車上吃。」

「我開卡車來。走吧，一起去。」

「我得找人說一聲。」

吉伯特心想，幫人做事就有這個壞處，不管做什麼事，不管要去哪裡都必須報備一聲，而且可能被老闆否決。

他駛向市區北端的帶狀速食餐廳區，朝得來速的對講機喊出訂購的餐點。父子坐在卡車上，車窗開著，烈日燒灼著手臂，兩人則啃食著過鹹過辣的炸雞，碎屑大塊大塊剝落。兩人以吸管吸食香草奶昔。

「我去看守所找她，」吉伯特說。「她不想見我。」

「你也知道，她還懷恨在心。她覺得浪費了人生，至少是浪費了好幾年。她還是老樣子，採取了立場之後，說什麼也不願改變，跟她理論再久也沒用。她很固執。」

「她的個性我最清楚。你媽媽成了壞人，被抓去坐牢，對你有什麼影響？」他斜眼看著羅德，看見了不常外出者的蒼白肌膚，看見濃黑的頭髮，看見線條燙至衣袖的店員制服。兒子遺傳了沃夫司凱家族寬厚的下頷與鷹鉤鼻。

「不知道啦。我沒往那個方向去想。別人看到我的時候表情有點怪，不過他們不會多說什麼。老婆就不一樣了。她在旅行社常聽見一些難聽的評語，她感覺不太舒服。我最擔心的還是兩個女兒，秋天開學後，恐怕會被同學嘲笑，同學恐怕會對她們說，『妳的奶奶愛偷錢……』」

「小孩子記性沒那麼好，等到開學全忘光了。她會被判什麼樣的刑，你清楚嗎？」

「大概不會太重吧。她請了個厲害的律師。而且她已經賠償了大約一萬二，算是盡了很大的心意。警方已經查封了房子，沒收了車子。她挪用的錢多半用在買房子和整修裝潢上。房子等於是她的一切。兩年前還蓋了游泳池。」

「我以前就懷疑她哪來這麼多錢，小職員應該不會發大財吧。而且我兩三年前聽說她去了拉斯維加斯？」他居然在軟趴趴的鬆餅下找到一包鹽。難道還不夠鹹嗎？

「她跟一大堆郡政府的同事去的。她贏了四千塊。」

這話莫名其妙觸怒了吉伯特。羅德的母親愛說謊、愛騙人、愛偷錢、愛耍詐，賭贏了一些錢，兒子提及時竟然與有榮焉。吉伯特霎然改變話題。「最近有跟哥哥聯絡嗎？」

「喔，他有時會打電話給我。我帶女兒亞琳去丹佛看醫生時會跟他見個面。你知道吧，亞琳得了癌症，病情已經控制住了，一眼看去還看不出她得過絕症。」

吉伯特渾然不知孫女罹癌。他打了一陣寒顫。他聽見中學的鼓號樂隊在遠處演奏。遊行提前展開了，或者樂隊只是在熱身。

「他還在替那個屋頂包商工作嗎？」

「呃，沒有了。他改去餐廳上班。日本料理店。不過謝天謝地的是，雖然他過那種生活，幸好身體還很健康。」

「什麼意思？哪一種生活？」吉伯特以單薄的紙巾擦拭炸雞油，然後揉成一團丟進沾滿油漬的紙盒。

「這個嘛，他是——你知道吧。」

「我知道什麼？」

「爸，蒙提的事由不得我多嘴啦。」羅德摺起炸雞盒並壓扁，以褲腳擦右手。

「我跟他已經好幾年沒聯絡了。他不太可能主動找我。別扯太遠，他到底過什麼樣的生活？」

「拜託你嘛，老爸。沒什麼大不了的啦。他的生活只不過有點——比較——精緻。他喜歡的東西和多數懷俄明人不太一樣。」

「你嘴巴動個不停，我卻一個字也沒聽懂。」

他的確聽懂了。蒙提童年時就喜歡賴著母親進出廚房，叫他幫忙牧場雜事總叫不動，不如自己動手反而省事。後來梅爾．奧特開始週末來牧場上工，情況才出現大幅度的轉變。梅爾具有北歐人的金髮，個頭高大，肌肉發達，外形搶眼，女孩喜歡跟他打情罵俏，他也一一回敬，讓梅爾的老婆成天提心吊膽。他來到牧場打工後，蒙提變成了他的跟屁蟲，終日如影隨形。吉伯特當時注意到了這現象，但兒子才七八歲大，怎麼看只像是仰慕大人的小毛頭，沒啥大不了的。小孩經常對小狗與毛毯產生感情，也許對家裡僱用的工人也不例外。他沒有放在心上。短短幾個月後，梅爾開始曠職，而牧場幫手不告而別是家常便飯，吉伯特淡忘了這事，直到現在才回想起他。鼓號樂隊的音符隨輕風飄送，似乎越飄越近。

「我該上路了。可不想被該死的遊行擋到路。」吉伯特下車將紙盒丟進垃圾桶。羅德也將壓扁的紙盒投過去，卻只打中垃圾桶的一邊，雞骨頭散落一地。

「管他的，」吉伯特說。「他們會來掃地。不然花錢請他們幹嘛。」

他將羅德載回錄影帶店，然後往北行駛，鑽進一條小巷，希望搶先遊行隊伍一步，可惜事與願違了。他停在紅燈前，紅燈卻遲遲不肯轉綠，遊行隊伍繞過轉角冒出來，從他眼前通過，他因此不得不靜候。中學鼓號樂隊的一部分經過他眼前，步伐零散，學生個個汗流浹背，許多人痴肥，白色樂隊長褲在下腹部隆起。他回憶起童年時代的同學，一個個骨瘦如柴，動作敏捷，全是牧場小孩，無一肥胖，無一汗流浹背，比特．基辰瘦如起火用的細柴，也像某種絕緣電線，麥克尼特則瘦小到躲在鼠尾草叢後大便也不怕被人看見。

尾隨樂隊登場的是兩名打扮爲印第安人的青少年，游泳褲外加丁字帶，脖子上掛滿了珠鏈，頭戴黑色假髮，結成辮子，插上羽毛。其中一人帶著手鼓，掌擊著不規律的節奏。兩人的皮膚以一種不均勻的物質抹黑。接著來了兩名成年男子，其中一人吉伯特認出是歐勒頓的修車工，身著鹿皮裝，頭戴毛帽，手持古董明火槍，另一人則提著柳條殼瓶，每隔三十秒舉至唇邊呼喊著「伊——哈！」。另一人肩挑著幾只亮晶晶的二號捕獸器[4]。吉伯特看得出五金行的標價仍貼在上面。吉伯特感到絕望。他知道自己將被迫收看整場西部拓荒鬧劇，動彈不得。

接下來出現了兩匹馬，各載一名打扮成牛仔的兒童，穿的是厚重的羊毛中空套褲、珍珠鈕釦的西部式襯衫、鬆垮的頭巾、大帽子和皮靴。兩人耍弄著手槍，以手指勾住扳機扣環旋轉著，看見朋友站在路旁就舉槍瞄準。隨後來的是一輛西部古董車和警察，後面則是全市一半的女人與幼童，身穿拓荒人的節慶服飾——花斑長洋裝、圍兜、遮陽軟帽，每邁出一步就露出大大的耐吉球鞋，很不搭調。其中一名女子是派蒂．寇登海，他訝然發現她的長相近似碗碟櫃裡的那張祖母相片。他心想，是古裝的關係吧。幾位耍寶騎馬師穿著霓虹色綢緞衣過來，賽德里也跟著出場。賽德里無論精神是否異常，每次遊行必定上場表演套繩索的技巧，動作流暢，而且總有辦法避免踩到馬糞地雷。最後進入眼簾的是一輛都市計畫委員會小卡車，三名頭戴工程帽的甲烷工人坐在後面抽菸，有說有笑。總算可以通行了。

總算可以通行，但他卻踩不下油門。號誌燈轉綠後轉為紅燈，然後再次變綠，但他就是難以動作。後面的駕駛人開始按喇叭了。這場遊行有某個地方越看越不對勁，錯得離譜，但他卻百思不出癥結所在。

回家路上，他駛在開闊的鄉間，將遊行的情景拋諸腦後，將念頭轉向蒙提，思考著他「精緻」的品味，思考著侵吞公款的前妻，思考著最小的孫女，想著小兒子為何懶得告知孫女罹癌的消息。他怎麼想也想不透。他感覺口乾舌燥，歸咎於炸雞太鹹。

樓房與車流逐漸向後退下，他來到空盪的路面，蒙塵的鼠尾草飛竄而過，白色的地面亦然。天空是令人快慰的湛藍，除了幾條破碎的機尾凝結雲之外別無他物。塑膠袋被帶刺鐵絲網刺中，在熱風中拍擊著。一小群羚羊低頭站在遠方。他看見鄰居的牛群散立於乾涸的土地上，恍然想起遊行獨缺牧場人——全是拓荒者、化外之民、印第安人以及瓦斯公司。

耶穌若住在懷俄明，吉伯特知道祂會選擇什麼樣的家具。祂會趁夜到國家公園挑幾棵小松樹，砍下後截枝，以剝皮鏟刀去除多汁的樹皮，顯露裡面被蛀穿的蒼白木材。祂接著製作最簡單的圓腳家具，全以嵌合的方式銜接，不用鐵釘或螺絲。

他但願母親仍在世，希望能對母親說，「我敢確定的是，耶穌才不會開牧場，以免惹上一輩子的麻煩。」這話與他的原意相去甚遠，但他已經盡力了。

1：一八六三年公布實施，民眾可繳極低的年費劃地一百六十英畝自住。

2：派蒂，Patty，是Patricia的小名，有「漢堡肉」之意。

3：dinner，老一輩以dinner指午餐與晚餐等正餐。

4：「零號」是捕鼠器，「四號」可捕山獅。

# 老獾的遊戲

此事發生在去年，地點是粉河流域以東，在懷俄明斷層的某地。這故事說來情節不怎麼樣，充其量不過是慵懶的午後在不微酒吧可能聽見的故事。

三隻老光棍的獾住在法蘭克．富林克牧場的後草地，三人住在一片崎嶇的土地上，住處保持距離。他們關心的事物不外乎食糧、日光浴與地盤界線。三人地盤的交界處是突出的巨岩，坐北朝南，景觀宛如展開的扇子般開闊。三隻老獾常在早晨的日光中在此碰頭，針對變化莫測的人生與近來的風速交換意見，交談聲由噓、哼、低吼組成。其中一隻獾曾在博士曼的一所大學擔任教職，教授的課程是創作或駁船導航，退休後隱居於此地。包括大學獾在內的兩人長相平凡而粗短，另一人的皮毛則帶偏紅的色澤，只可惜頭腦像馬蹄鐵一樣鈍。

富林克牧場建立於一百一十四年前，最初養了幾頭德州長角牛，主人是兩位好動的牛仔。一八八三年，號稱孤星州的德州爆發牛仔罷工潮，這兩人因對罷工表達同情而遭驅逐出境。牧場成立以來幾經換手，最後由富林克取得。

富林克對長生不死與返老還童之類的事情感興趣，又由於他深信就算無法永垂不朽，至少也能活到兩百歲，因此極為注重環保，誓死不願讓牲口過度啃食牧草地。他在食品儲藏室的門上掛了一張複雜的輪牧表，不斷更換放牧牛群的草地，以便實行短期輪牧的理念。有一片生態較脆弱的草地因有活水流過，牛群不能在這裡放牧太久，三小時之內必須趕至較粗糙的草地去。

富林克總是苦無幫手。好幫手難尋，這是牧場主人皆知的事實。但他念及自己晚年勢必比別人漫長，必須多撙節一點養老金，因此吝於多花錢請幫手，進而連劣質的幫手也找不到。在集攏牲口的時節，他又苦無幫手，因而央求妻子幫他趕牛。

「哎，好吧，」她說，「不過我話要說在前頭，我需要一件新的冬季大衣。牛運走了以後，最好幫我買一件。」

「哈哈，」富林克說。他以前聽過討大衣的事。

環繞著牛群時，牧場妻走出一片乾谷，行經一處濱藜叢時瞧見一隻獾。

「這隻獾眞好看，」她脫口而出，腦子裡想像的是自己身披這種偏紅色調的大衣。不一定非眞皮草不可，假皮草也行，甚至猴毛領的粗呢大衣也勉強算數。

接近黎明時分，三隻老獾聚集在凸岩前。

「獵到好東西了嗎？」長相平凡的獾問。

「還不賴，」另一隻外形平凡的獾說。「你呢？」

「還好。你呢，老紅？」

「哇，太上老獾有眼，牧場主人的老婆愛上我了，大概她從今以後會常來煩我。」

「什麼？講啥鬼東西？」

「喔，她在濱藜乾谷那邊看見我，然後說，『我從來沒看過這麼帥的獾，被他電到了。』」其他兩隻獾大笑之餘連開了幾個玩笑，拿紅毛獾與牧場妻是否真能交媾一事大開黃腔。既然提到人獸媾和，話題立刻回溯至一八八〇年代，當時有位猴急跳牆的牛仔看上了一隻母獾，對她來個霸王硬上弓，不料這隻老祖母獾脾氣暴躁，導致了慘不忍睹的後果，此事至今仍是低級幽默的好題材。

「我還沒時間好好打扮一番哩，」老紅說完漫步離開，走過一條長了外來雜草的深谷，一棵奇大無比的起絨草也在其中。他擠進起絨草叢裡，來回走動幾次，直到草叢刷得皮毛光滑柔亮。

「這下她不被我煞到才怪，」他對起絨草說。

法蘭克．富林克與兩名老友走出廚房門，滿手是牛頭形狀的薑餅乾，上面還點著糖霜眼珠。牧場主人陡然停腳。

「快看。又來了。」

「什麼？」鬈髮紮成辮子的老友說。他來回瀏覽著，卻沒有看見出奇的事物。

「在乾溝裡。我從沒看過這麼大隻的獾，皮毛剝下來做地毯的話，肯定有半張小牛皮那麼大。我已經看見這隻差不多十次了。前幾天早上，我一邊喝咖啡，一邊站在洗手台前向窗外看，結果看見這隻臭獾以大字形躺在石頭上，卵蛋全露在外面，活像躺在吊床上享清福似的。我趕緊拿了獵槍出來，開了一槍沒中。結果他對我做了什麼事？朝我踢沙子。要不是現在滿手餅乾，我現在就馬上去拿獵槍出來。」

他一口咬下兩個牛頭，差點噎到，老獾一聽立即鑽進草堆裡。

「老紅啊，戀愛談得怎樣了？」長相平庸的獾之一幾星期後問。「上了幾壘？」

「還沒有。牧場主人發現了猛吃醋，害我沒辦法接近。一靠近她，牧場主人馬上跳起來拿槍。」

大學獾說，老獾遊戲不就是這麼一回事──看似即將到手的好事卻永遠無法如願。簡而言之，人生不過是騙局一場。然而話說回來，他畢竟爭取過終身職被拒，因此難免對凡事帶有酸葡萄的心態。

# 爬出樹林的人

米契・費爾與妻子尤金妮駕駛著年邁的Infiniti，在威士忌色的平原上奔馳。「劃破大草原而過，」米契低著嗓門說，自認這話具有西部風情。他們以一個小時橫越的哩程數，相當於古時駕牛車西行的移民行走將近一週的距離，而當年移民所經之地留下一連串的墳墓。時序已入九月，費爾夫婦前往緬因州探視女兒後返回懷俄明。女兒昂娜[1]與男友同居，剛爲他們生下孫子。柏油路面因下過雷雨而濕滑，在傍晚的日光照耀下晶瑩閃爍，彷彿澆上了石油。甫釋出雨水的靛藍雲朵堆滿了身後的天空，強風把引擎蓋上的水珠吹成條狀的細水滴，宛如漫畫家象徵號角響聲的虛線。

在懷俄明定居數年後重溫新英格蘭區，米契一時難以調適——道路擁塞狂亂、樹叢交纏、樹木吸走了光線、萬物沉浸在陰影中。即使起了風，沉滯的空氣也無動於衷，令人呼吸艱難。女兒的住處是一九三〇年代前後以原木堆搭建的木屋，外形模仿阿第倫達克山脈[2]的狩獵屋，卻多了腐朽的窗台與扭曲變形的門。木屋的主人是女兒男友的姑媽，房子搭建在湖畔，湖水長滿了水藻。姑媽將這裡稱爲「度假別墅」。湖水散發出沼氣的味道。通往小屋的小徑鋪設了高地不平的石板，兩旁高大的雜草蔓生至路上，乏人修剪。鄰近的小屋像濕答答的母雞般簇擁在水邊，院子裡散放著庸俗的塑膠玩具，尤金妮猜這些房子是夏季供人租用的小屋。待在小屋裡時，尤金妮如恆動裝置般噴嚏不斷，因爲她常年對黴菌過敏。

昂娜與男友查茲將嬰兒稱呼爲哈爾。米契以憤慨的語氣說，取這小名算是大發慈悲，因爲孫子的全名叫哈爾牙德（Halyard），與「帆船升降索」的拼音相同。

「怎麼取這種怪名字？」夫妻倆躺在濕氣重的雙人床上時米契問。

尤金妮沒有回應，但她知道命名時必須注重獨特性，取自升降索、法國小說家，甚至是女皇也無妨。

女兒的男友查茲年齡與米契相仿，頭髮前禿大半，後腦勺蓄了一條馬尾巴以補缺髮之憾。他的外表隱約英俊，被人問及收入來源時左躲右閃，只喃喃以顧問工作之類的話虛應一番。他以高爾夫球為話題與米契閒聊，有一句沒一句地，與尤金妮聊天時話題則轉為餐館與葡萄酒。

昂娜在「松樹保全公司」擔任調度員，每週工作三個下午。這家保全公司主要從市區延攬退休員警，請他們巡邏池塘邊的百萬富翁別墅。保全人員駕車巡行時模仿著潛鳥的顫音，為一年一度的大賽做準備。最後一對潛鳥自湖面消失之後，本地於一九八七年開辦模仿潛鳥啼聲競賽。尤金妮試圖從昂娜口中套出查茲的本業，昂娜聽出端倪後沉默一陣，隨後刻薄地說，「要我講出查茲的底細可以，不過妳得先說出我真正的父親是誰。」聽女兒這麼一講，尤金妮出門到門廊上抽菸，朝著濛濛的空氣吐出一串串白霧。她鮮少抽菸，因此出門前不得不向女兒伸手，讓原本尷尬的場面彆扭到了極點。

探視女兒一星期接近尾聲時，尤金妮邀請女兒前來懷俄明一趟，帶著小貝比一起來。「到時我們再講個清楚。」這是她求和的方式。她沒有提到查茲。昂娜淡淡一笑，同時輕撫母親的手。然而靜謐的這一刻潛藏的是母女皆知的事實，隱隱脈動著，如同鋼琴奏鳴曲停歇時，附近收音機冒出嘈雜無韻的饒舌歌一般不和諧，也像鮮血滴在水裡時一樣突兀。

翌日米契與尤金妮告辭回懷俄明。送行時昂娜突然轉身向米契口對口吻別，超出了女兒的分際，讓米契錯愕之餘推開女兒。

「那種男人，她到底去哪裡碰上的，」米契邊說邊擦嘴，彷彿想排除女兒嘴巴濕冷的味道。夫婦緩緩走在狹窄的小徑上。陰鬱的天空向下再癱陷了一點，雨水開始飄落。現在的他嫌這種景觀的格局太小。懷俄明漫長的視野與高聳的山巒已經深植他的骨髓。

「唉，天啊，」尤金妮說。「可憐的昂娜。看看她的黑眼圈。要照顧嬰兒又要上班，累得沒時間休息。」

「想知道他做哪一行。我敢打賭，他什麼事也不做。看看他那副德性。大概一輩子吃軟飯。希望女兒能甩掉他。天啊，這些路眞破。」一邊的前輪壓到坑洞，砰了一下，而視線所及的前方另有更多坑洞，彎彎曲曲地排列成行，閃亮著雨水。一輛運原木的卡車超前，米契幾乎看得見沉重的車輪將殘缺的柏油碾得破碎。兩人的Infiniti宛如在陰沉的天色中爬行。

「他就像排隊買熟食時會聊天的對象，」尤金妮說，「聊著進口橄欖有多好吃。」她慶幸此行已經結束，不必再面對女兒指責的眼神。昂娜已經懷恨長達三年，這都是普雷懷醫生大嘴巴的功勞。照情況來看，昂娜不肯善罷甘休。

駛出了新英格蘭區陰沉的樹林與過度擁擠的道路，幾天後抵達漫無止境的內布拉斯加州的盡頭，越過懷俄明的州際線。一路上情緒暴躁的米契總算開朗起來，前往夏延之途兩旁盡是斑駁如頭皮屑的廣告看板與路標，也不再令他發牢騷。右邊距離四分之一哩，有輛運牛火車賣力向前走。尤金妮將CD唱盤轉回她最愛的吉米．戴爾．傑摩，聽著他以鼻音歌頌達拉斯與DC-9客機。米契偏愛的是古典音樂。他極力回想DC-9客機長什麼模樣，卻只能隱約回憶起一種肥短的飛機，附有螺旋槳，座椅粗糙，而且帶有公車站的氣味，聞了令人情緒低落。北美大陸目前是否仍看得見這種客機，他由衷懷疑。硬說有的話，大概只有加拿大還有吧。傑摩或是塡詞人當初竟然對DC-9或達拉斯敬畏不已，現在一定覺得很丟臉吧。

鐵軌向南轉彎，火車也與公路漸行漸遠，將牛群運至屠宰廠。金屬的車廂兩側打了洞，他們透過洞口看得見晦暗的牛身。尤金妮朝著駛離視線的火車揮手。米契看了她一眼。隨著年歲增長，側臉具古典風情的她漸失原味，纖細的臉頰變成兩塊粗厚的贅肉，下巴也喪失了清爽的線條，鼻子也粗糙起來，嘴唇兩側出現了魚鉤狀的小曲線。但她的秀髮烏黑如常，耳前的幾絲鬈髮宛如以墨水畫出的蜷曲小提琴頸。看在陌生人的眼裡，這種面容表示她能娓娓道出一段戲劇化的往事。

十八輪貨運大卡車是州際公路上的霸王恐龍，這時搖搖擺擺地超車前進。「我照規定開七十五哩，」他說，「他照樣飆到九十。」米契痛恨貨運大卡車，通常尤金妮也會發出喉音附和，藉此彰顯夫唱婦隨的深層假象。但這一次她不吭聲，只是低頭翻找著有拉鏈的CD夾。裡面的CD她無一想聽，能聽的東行時也已經反覆聽厭了。早知道就買幾套有聲書。至少她不必聽米契那堆如喪考妣的四重奏、經文歌，以及交響樂。離開懷俄明之前，她瞧見丈夫正在翻找他珍藏的寶貝CD。

「那些東西就別帶去了，」她淡然說。此時她將ＣＤ功能切換至收音機，電台正好在播放《汽車脫口秀》。兄弟檔的主持人正笑得歇斯底里，第三個人也跟著大笑。米契指向圍籬另一邊顏色不一的牛群。

**「你說你的車發出什麼怪聲音？再表演一次嘛，老鮑……。」**

收音機傳出連串難以置信的咻咻聲、咕嚕聲、鼻子出氣聲，以及喘息聲，伴隨著如雷的笑聲。尤金妮也跟著嘩然狂笑的兄弟檔大笑。

「別聽了，拜託。」

「你不是喜歡《汽車脫口秀》？主題是汽車啊。」

「主題是汽車，我知道。只可惜聊汽車的成分大概只有一成，其他時間淨學土狼怪叫，不然就是問女聽眾的名字怎麼拼。」

在接下來的靜肅中，他開始察覺車子傳出微弱的咻聲，側耳傾聽後，又聽出了其他不正常的聲響。頓時全車上下零件無一不鏗鏘作響，搖頭晃腦。後座的瓶瓶罐罐也隨之演奏出打擊樂曲。後座物品包括一盒松露口味的胡桃油、幾罐法式醋浸小黃瓜、杜松子、幾桶尤金妮最愛的聖尙德魯茲法式泡芙，以及幾瓶Graham's 2000佳釀甜酒，件件皆無法在懷俄明找到。他伸手打開收音機。

**「德—瑞—莎，怎麼拼啊？是T-h-e-r-e-s-a還是T-e-r-e-s-a……」**尤金妮關掉收音機。

「幹嘛關掉？」

「我也不想聽他們又在搞名字拼音的把戲。」

Infiniti的運作恢復順暢，他也回想起這段公路某處地面不甚平整——車子出怪聲的原因一定就在這裡。

路過風勢強勁的麋鹿山區幾哩後，米契說，「看那邊。」

「什麼東西？」

「那輛大卡車該死，冒出那麼多煙。」他以下巴指向東行的車道。公路上卡車無數。尤金妮看見前方一哩處有輛十八輪卡車與衆不同，冒著滾滾的柴油煙。但當兩車並排而行時，猛烈的橙色火焰從卡車沖天而上。卡車司機連忙停靠路肩，夫婦倆可見失火的是捲在駕駛艙後面的油布。司機跳下車，衝向卡車前方，對著手機大吼。

「哈！」米契以接近滿意的語調說。「可能要等個把鐘頭才等得到救兵。」

刺鼻的濃煙穿透了Infiniti，兩人同時想起了紐約。

下午三點左右，米契轉往北行。到了五點，他們才通過煙火爆竹的招牌，駛上熟悉的泥土路。碾過鐵軌之後，地勢開始隆起，路面略嫌凹凸，圍籬另一邊露出點點深紅的岩礁。幾十頭叉角羚在一哩外吃草，他慢下車速，觀看著負責站衛兵的羚羊抬頭警覺。車子後頭揚起大片塵土。保持車身乾淨是件吃力又不討好的苦工。崎嶇的山腳下潺潺流出一泓小溪，本地人習慣稱之爲河，兩岸堆著壓扁的廢車，以防春季山洪爆發時侵蝕溪岸。他們看得見深色的山嶺，看見遠方代表「孤挺花牧場」的那片山楊林。路過移動式牲口溝柵一哩後，Infiniti再次穿越鐵軌，痛得車體哎叫。行至岔路口時他選擇右邊，順坡而上，來到本路景觀最美的轉彎，穿過斑紋山楊林的心臟地帶，接著視野開展成綿延起伏的青草地。

他們家坐落於這片草地上，東南方以一片寬廣的山楊林為屏障。有人曾告訴米契，這片山楊林正離奇枯死中。他向尤金妮提及這事時，尤金妮說，「糟糕。」她對樹木心存崇敬，無論是布魯克林區的美洲梧桐、佛蒙特州的山毛櫸與楓樹，或是此地的樹木皆然。由於這附近樹木貧乏，她自然而然提高了山楊的位階。

米契曾在山楊樹林裡發現一個古老的鑄鐵招牌，上面只寫了巴拿馬一詞，曾經掛在這座農場的入口上方。米契房子的所在地是從這牧場切割出售的。這牧場的原主年輕時任職於偉發銀行，在巴拿馬地峽的快捷貨運部門擔任過職員。如今金屬拱門傾倒於沙土中，米契掘出後以樹枝剔除招牌上的葉黴，然後將招牌靠在山楊樹上，因為他一人抬不回去，改天再開著卡車過來載。

又過了一哩，他們看得見如手臂摟住自家青草地的那片黑森林，長滿了柱松與恩格曼雲杉。家裡的煙囪依稀可見，尤金妮知道米契回家第一件事是在壁爐生火，倒一杯酒，然後坐在爐火前沉迷於繚繞的火焰中，而她則去廚房取出兩塊牛排退冰。夫妻倆只吃牛羊豬肉與生菜沙拉來減肥。

來到丘陵腳下，他們看見離家這段時間村子出現了一個變化。

「你看，」尤金妮說。「老女人的家。她還沒死，而且蓋了一棟新房子。」

康寇太太那部滿目瘡痍的貨櫃車屋已經不見，取而代之的是一小棟木屋。老媼人在屋外，拿著樹枝抽打著鼠尾草叢。她本身就如同以鼠尾草與岩石塑造而成的人像。

米契認識尤金妮・普勞爾時是一九七〇年代中葉，兩人就讀於佛蒙特州的班寧頓學院，隨後租下一間圓形的穀倉舉行婚禮。穀倉的主人索價一千元，兩人欣然應允。尤金妮當年具有智慧女神雅典娜的面貌，鼻梁挺直，嘴唇小而有型，黑髮在頸背紮成小結。她的骨架大，胸部豐盈，臀部大小適中，沒有跡象顯示她將緩轉爲撲克牌裡的黑方塊皇后面貌，如今變得下頷飽滿，身穿硬高領華服與高翻領的祕魯毛衣。交往之初，她對米契說她喜歡聽古典音樂，米契後來逐漸瞭解她喜歡的只是甜膩的弦樂隊演奏流行歌改編的組曲。當時他認爲無所謂，反正假以時日她將學會喜愛眞正的音樂。

穀倉結婚儀式接近尾聲時，米契突然興起一個怪念頭，幻想著新婚妻一絲不掛趴在地上，以懇求的眼光看著出租穀倉的農夫，而農夫則拿著擠奶機向她前進。尤金妮彷彿看穿了米契的思緒，凶巴巴瞪了他一眼，他則感覺好像被小酒杯擊中。反觀尤金妮，她則將他視爲奇特的陌生人，頭顱狹窄，五官光滑如北歐民族，模樣近似她見過的萬年古屍相片，令她心驚。那具古屍從北歐沼澤重見天日時，脖子上套了一條辮狀的皮繩索，死因是在舉行儀式時被勒斃。她好想大喊「不願意！」幾分鐘後卻與米契直奔向外，接受賓客夾道米擊，奔向婚姻生活，不再想起擠奶機或被皮索勒斃的沼民。

膝下無子的幾年間，他們過著彼此容忍的生活，日子還算滿足，原因或許是婚後沒多久便在佛蒙特州買了一間舊農屋，方便吵架時供其中一人前去冷卻心情。米契在曼哈頓的戴佛威建築事務所擔任建築師，尤金妮的娘家經營廚房與浴廁設計的生意，名為普勞爾與巴格斯公司，她是旗下設計師之一。她的母親於一九五〇年代創辦這家公司，專門設計鄉村風情的廚房：方格布窗簾、天竺葵、陽光普照的早餐角落，仿效的對象是某個虛構的霸克斯郡農屋。如今一切設計流線、灰色系、德式。

兩人婚後設籍於布魯克林高地，房屋建材是高級褐砂石，屋後種了一株美洲梧桐，夏天時枝葉蓊鬱，隨風窸窣細響。尤金妮在布魯克林植物園上過課，懂得吸引鳥類至後院的竅門，因此冬天時在院子掛出飼料盒，定期記錄前來造訪的群鳥。那幾年，後院尚未有蛇出沒。

後來米契出軌，對象是在事務所實習的建築研究生。尤金妮並未當面數落，而是靜待事過境遷，情緒與思緒則融成了羞辱與憤怒的果泥。米契的外遇結束後，她也與櫥櫃部門的助理聯繫人倫情以示報復。這位助理名叫泰勒，外表俊挺，比尤金妮小六歲。她仗著自己較年長，經驗也比較豐富，等於是將性愛的歡娛介紹給懵懂少年，因而自鳴得意。兩人午餐時間飛奔「他們的」賓館，休息費由尤金妮掏腰包，一走就是幾小時，有時拖到近傍晚才回公司。然而午後偷情的滋味一夕之間變得酸腐，原因是泰勒在總統節的連續假期後告訴她，他與幾名友人同遊塔伯拉山[3]，期間結識了某人，對其「深深關愛」，因此不想繼續與尤金妮私會。

「什麼？才四十八個鐘頭，你居然有辦法培養出這麼深的感情？」

「對，」他的語氣固執，臉孔紅燙。

「好吧，」她說。「沒關係。」但回到公司後，她私下向幾位身居關鍵要職的人士表示，她認為泰勒不太適合廚房與衛浴這一行，也嫌泰勒的設計品味太差，又批評他利用午餐三小時的機會與城中廚房設計（DTK）公司見面，說他把仿麂皮面櫥櫃的新設計洩露給城中，說他陰謀跳槽過去，屆時不知還會帶走哪些客戶。然而一切已經太遲了；關鍵的一刻已經來臨，如同伐木工人振臂揮斧，斧頭已盪過最高點，正開始落下，再也無法挽回，對坐以待伐的樹木而言，未來將完全改觀。尤金妮懷孕了。

兩人將女兒取名為昂娜，是因為尤金妮上法文課時深受文豪巴爾札克的《高老頭》感動。米契相信女兒是兩人在五腳床上的結晶。第五支床腳支撐床鋪正中央，乾癟皺縮，底部是金屬滑板，用意是提供額外的支撐，卻只會在房事時敲擊地板助陣。比敲地床腳更煩人的是尤金妮的雜物。尤金妮喜歡將平面圖、藍圖、新設計書搬到床上，一研讀就是數小時，吵得米契故意翻來覆去，唉聲嘆氣，抓起枕頭來蓋頭。早晨醒來時，兩人會發現書籤與裝訂成冊的平面圖散落一身，藍圖往往會被壓損、壓皺、壓裂。

有天上午，米契在地鐵電車上沉沉入睡，任電車來來回回載了數小時，直到扒手伸進了夾克他才驚醒。他說這全怪尤金妮的枱燈與書頁翻動聲，害他整夜無法成眠。當天晚上，他以沙發為床，隔天早晨自稱多年來未曾睡得如此香甜。床鋪空出了一半，尤金妮也樂得輕鬆，將素描圖與立體圖全推至米契的那一邊。總算不必聽沉淪夢海的他喃喃自語，她感覺如釋重負。

米契在沙發上連續睡了數星期，尤金妮才注意到客廳吸收了他的體臭。同一個星期六，兩人擲銅板決定客房歸誰住。與其說是客房，倒比較接近儲藏室。中獎的人是尤金妮。米契搬回臥室，為自己買了一台新的CD音響。取得客房的尤金妮清出了紙箱與存放冬衣的塑膠盒，將牆壁漆成甜瓜橙色，小小破費一番訂做了深藍色的窗簾，爲房間增添少許男性氣概。房間裡有個小凹角，供她擺置嬰兒床。她在床腳擺了一個行李架，在行李架上放了鍍金的義大利漆盤。兩天後，漆盤堆滿了筆記簿，裡面記載了設計廚房的點子，而這種銅光閃耀的夢幻廚房不供烹飪之用。

尤金妮與昂娜同坐真皮紅沙發上，聽著普雷懷醫師宣布昂娜無法捐腎給米契的消息，原因是昂娜的DNA與血型都不符合。尤金妮感覺血氣直往臉上沖，心臟單調地噗噗響，內心對這個臉色如三分熟豬排的醫師充滿恨意。醫生兩眼晶亮，帶有惡意，顯然樂意宣布這消息。尤金妮不發一語。

進入電梯後，昂娜再也按捺不住情緒。「我的天啊！我的父親到底是誰？」

「顯然另有他人，」尤金妮說。

「到底是誰嘛？怎麼搞的？妳以前跟誰結過婚？」

「我不打算討論這事，」尤金妮以冰河般的嗓音說。

電梯停下來，一名妙齡女子推著坐輪椅的男人進入。寂靜的氣氛在電梯裡震動著。電梯來到一樓後，昂娜握緊雙拳，怒視著母親。上車後，尤金妮繼續保持緘默，昂娜則又哭又吼，要求母親解釋，一直喊到倒嗓哽咽。母女皆未向米契轉達普雷懷醫生的化驗結果——米契並非昂娜的生父——最後捐腎的任務落在米契的么妹寶拉身上。

米契仍在醫院休養時，昂娜就搬出老家自立。紐約變了，尤金妮感到恐懼，因此與米契討論遷離紐約的可行性。他們無法搬去佛蒙特州的農屋，因為那棟房子已經於一九九七年轉手。米契原本就考慮搬到蒙大拿州，在康復期間閱讀《個人理財》雜誌，發現懷俄明州不但房地產稅低，而且完全不徵收所得稅，此外也像個安全的避風港——懷俄明全州人口簡直可塞進同一個電話亭裡，不太可能成為恐怖攻擊的目標。他回想起童年在鐵頓山脈的夏令營情景，大家圍著營火歡唱、在珍妮湖上垂釣、騎馬探索黃石公園的步道。

漸漸地，尤金妮與米契開始認為遷居懷俄明不僅刺激，而且合情合理。甫接受腎臟移植手術的米契向事務所申請半退休，每兩個月從懷俄明飛至紐約一次，工作幾天後再飛返懷俄明。尤金妮說她終於可以著手撰寫自己想寫的書：《「真正的」都市廚房——外帶食品與熟食店》以及《全球化廚房》。

兩人先至目的地探勘狀況。懷俄明的大地之美令米契瞠目結舌。讓他感動的並非入鏡無數次的大鐵頓山尖突山景，而是高地大草原以及鮮黃色遠景，這種景象滿足了他的空間配置理念。他感覺彷彿誤入地球人從未發現過的地形地貌，同時也感覺被移送至人類出現地球前的史前景觀。極目所及之處，高山俯臥地平線上，猶如沉睡中的深色動物，脊背則被冰雪染白。他踏著野花、晶瑩的石英結晶、瑪瑙與瑑玉、色澤鮮艷的地衣。不熟悉的草類植物隨著光線震動，白熱的草莖照亮了寬廣的地面。距離將一群牛簡化為撒在地上的一把丁香。他心軟了，但願神來一橡皮擦，擦除此地的圍籬、粗製濫造的房舍，連他買下的那棟也一併解決。筋肉糾結的強風吹得尤金妮心煩，他卻仍覺得舒暢。

物色房子之前，兩人先去一家西部服飾店添購新裝。尤金妮買了兩條有穗飾的仿麂皮裙子、幾件Cattle Kate的高領上衣、一雙飾有土耳其綠色骷顱的Rocketbuster牛仔靴。米契買的是牛仔褲、一件珍珠鈕釦的西部風格襯衫。他也買了奶油色的Olathe皮靴，走到哪裡，踏地聲如電動鐵錘般響亮。他不習慣高跟皮靴，時常因此重心不穩，雪上加霜的是他剛配了第一副雙焦眼鏡。他也買了一輛車齡二十年的四輪傳動小卡車，深綠色，車身有凹痕，正好是他一直想開的車子。買回家後，他加裝了CD播放機，從此愛上開車兜風，喜歡將一肘伸出車窗外。小卡車的鏽斑不多，讓他感到意外。

「這裡下雪時不撒防滑粗鹽，」他得意地說。

尤金妮看了他一眼，彷彿這話等同於早餐喜歡生呑雞蛋。

找房子與地皮時，他們投宿在賈克森市。尤金妮想住在靠近鐵頓山脈的地方，最好靠近黃石公園與國家森林，但最便宜的地方也要價數百萬。懷俄明的輕稅幾乎被令人嘖舌的高房價抵消。地表鼠尾草叢生，向下直鑽九百呎才有髒水，條件如此低劣的土地假如搭配山脈景觀，價格便足以讓人望而興嘆。米契開始認爲這些房地產是寡婦的橫財。他想像可憐的牧場老主人爲了保地而終生操勞，最後提早入土，死後遺孀拋售牛群，找來房地產仲介，由仲介將土地分割爲每片三十五英畝的小牧場，脫手之後寡婦南飛至佛羅里達的博卡拉頓，住進自用公寓。愛琳諾拉·菲格例外。

費爾夫婦看上的是孤挺花牧場分割而出的一塊地。這裡從前屬於牧草地，距離松谷鎮三十哩。切割而成的土地現在美其名為「莊園」，外面搭起圍牆。三哩外有個名為迅狐的小鎮，人口七十三，有一家百貨店，也有一家名為鼠尾草叢的餐飲店。太陽下山後，迅狐鎮上空形成一團宛若螢光水母的光球，為幽暗的山區塗染出象徵文明的黃暈。

房子坐落於野花與銀絨鼠尾草遍地的向陽坡，景觀是霸徹羅[4]山脈。即使在夏天，霸徹羅山脈也近似偌大一塊哈爾瓦芝麻酥糖[5]，中間攙雜了一條條淡紫色的巧克力。風河匍匐於遠方地平線上，有如層層被壓扁的信封。

他們的房子與孤挺花牧場上其他民房一樣，全以粗大的松樹幹搭建而成，雖比不上部分鄰居的木造城堡，四千兩百平方呎（一一八坪）的面積卻也是兩人今生住過最大的一棟。房子的內部採一九八〇年代豪華棚屋的設計，客廳如同巨人起居室，原木堆疊咬合的模式繁複，遠山映入大窗頗具藝術美感，只可惜野鳥時常撞窗斷頸。

尤金妮高聲說廚房亂不堪言，地磚破裂，牆壁油膩，洗手台太小。陳年冰箱發出凶險的咆哮聲，她聽了心生厭惡。褐色的尼龍地毯鋪遍了客廳與臥房地板，污漬與椅腳凹痕記載了前屋主的生活史。臥房有五間，全部又小又暗。尤金妮向母親貸款整修。

「這幾面牆壁可以打掉，」她邊說邊指著狹小的餐廳、廚房與特大號的客廳。「重新裝潢成『特大廳』，讓空間從廚房尾通向用餐區，再通往休閒區，連成一氣。」

「這一面和那一面是承重牆，」米契瞇眼看著天花板。「不能打掉。」

「再研究看看。我下禮拜找個建築商過來檢查整棟房子。還有，那幾個沉悶的小臥房。如果能打掉兩三面牆，就能改成兩間還算大的房間。加裝幾道大方的廣角窗。高山的風景太棒了，臥房看不到太可惜。」

房地產仲介的皮膚是深深的古銅色，頭戴名貴牛仔帽，頂端中凹。他建議臥房之一裝潢為家庭電影院應該不錯。尤金妮注意到他古銅色的肌膚帶有橙色的色調，而從他強烈的古龍水中，尤金妮也嗅出助曬油的化學焦味。

「你知道嗎，」他說，「我以前從沒賣過房子給紐約人。紐約人不喜歡住這裡。大概不合胃口吧。」

「天啊，」米契輕聲對尤金妮說，「景觀這麼棒——」他指向黃褐色的土地與遠山，「他居然建議弄個『家庭電影院』？」

此地野生動物繁多，令他們兩人著迷，但對尤金妮而言，動物與鳥類充其量是具有裝飾作用的珍品。米契則是深深愛上叉角羚。在動物世界中，叉角羚是首屈一指的運動健將，在高原上與野狼、野牛共同演進了兩千萬年之久。他將叉角羚稱為「羚羊」。叉角羚的皮毛是偏紅的棕色加上亮麗的白毛，讓他不禁聯想到以前穿過的一雙高爾夫球鞋。

有一天，尤金妮發現米契在閣樓翻找搬家至今未開的箱子——都市服裝、有朝一日可能用得上的財金單據、各式各樣的雜物。

「到底在找什麼？」

「我的舊高爾夫球鞋，」他說著在桁梁下直起腰桿。

「高爾夫球鞋！米契，你接受腎臟移植的時候，不是叫我把高爾夫球的東西全扔掉嗎？」

「對，」他說，「我只是認爲球鞋可能沒丟。」

「早就丟掉了。想找球鞋做什麼？難道又想打高爾夫球了？我眞不敢相信。」

「沒那回事。」眞正原因他說不出口。他只想看看球鞋的顏色多接近叉角羚。那年冬天，他閱讀地方報時得知一輛貨櫃大卡車遇上暴風雪，在八十號州際公路撞進一小群叉角羚，死了十七頭，他讀了哀傷不已。

遷居懷俄明之初，他們覺得本地還算文明，然而時日一久，一些證據逐漸浮現，令他們體認到東岸的鄉親必將此地視爲眞實世界的邊陲地帶。有些令人心寒的事實證明了蠻荒的過往仍能對此地發威。每隔幾個月，這裡會發生粗野得難以置信的新聞：在鄉間小路上，一名男子以曾祖父的古董45.70野牛槍射中了另一名男子；甫從愛荷華州移居此地的女子下午外出攀登凌格山，下山時不愼跌入懸崖。黑熊於九月下山，擊毀了尤金妮的野鳥飼料盒。一隻草原地鼠自信過度膨脹，鑽出地洞後離洞太遠，結果被躲在委陵菜叢下的老鷹攫走。鹿角泉是他們添酒購買雜貨的小鎭，當地有位少婦懷了第一胎，丈夫前去科羅拉多州撲救夏季野火，不料直升機上的消防斧卻落下擊中他，少婦因此成了寡婦。前來度假的遊客不小心將自己鎖在車外，隨後被閃電殛斃。牧場主人一面開車一面看著自己的牛群，因而分神駛出路面翻車。種種事件似乎全以流血了結。

在孤挺花牧場以外，菲格是最接近他們的鄰居。她是牧場主人的遺孀，年高七十五、六，是典型的共和黨員，右翼，思想保守，排斥藝術，有話直說，鐵面無情。她主要養牛，也兼養一些羊，駕駛車齡悠久的黑色吉普車。她討厭環保人士，不喜歡外地人。她在吉普車的擋泥板貼了射殺、鏟埋、別囉唆的標語，米契從這裡看出她對野狼的觀感。她看了一眼費爾夫婦的Infiniti，認定這一對是驕奢淫逸的城市人，喜歡吃駱駝腳跟與進口橄欖。她只吃自家屠宰的牛肉、水煮馬鈴薯和不加奶精的咖啡。她一向穿牛仔褲，靴子上糞肥硬化成塊，外面披著襤褸的穀倉式大衣。兩人首次相遇時，米契與老婦人握手，感覺到對方手指粗糙而強硬，力道令人嘖舌。

「你的牙齒還好吧？」她說。「利不利？」

「我不知道，」米契說。怪問題令他困窘。「問這做什麼？」

「一直在找人幫我們閹小羊。」

米契去郵局時，郵局的女子向他解釋菲格的背景。

「她有兩個兒子，名叫康度[6]和湯米，牧場的大小事情差不多就由三個人料理。」她接著說，老婦人另有一個兒子寇帝，第一次度假時前往大峽谷，健行時卻中暑暴斃。

他遇見過康度．菲格。第一年冬天，他歷經慘痛教訓後得知，他買的這輛小卡車最適合夏天行駛，只要天空飄起一絲絲雪花，車子立刻打滑亂轉，不聽使喚。車子果然出事了，他拿著手機想聯絡救援拖吊車，無奈懷俄明的電波死角遍布，製造狼煙來通訊反而比手機更實用。這時一輛平板大卡車載著一千磅重的乾草捲靠邊停下。

「有鏈條嗎？」駕駛高喊。儘管天冷下雪，這位胖壯的男人仍穿T恤。他蓄了捲捲的黑鬍子，窄細的眼睛溜轉得飛快，活像兩條鱒魚苗。

「沒有，」米契說。他的嘴巴還沒閉上，駕駛便跳下卡車，拖來一條沉甸甸的鐵鏈，上面附有幾個鐵鉤。不到四十秒，他將鐵鏈套上米契的拖車鉤，將車子拖回路面，停在反向車道上。

「哇，太好了，」米契說，「怎麼謝你？」他伸進口袋摸錢，眼睛則看著小卡車被拖離後地面積雪空出一塊。圍籬之外有三四十隻叉角羚低頭啃食，漠不關心。他以急促的口吻接著說，「我是米契·費爾。我們住在孤挺花牧場。」說完遞出一張二十元紙鈔。

壯漢面露恨意看著他。「好。我知道。錢留著吧。你們房子那邊原本是我家的牲口飲水池。賣你那輛小卡車的老丁，以前每年冬天開著車到處跑，開了將近十年。多載一點重就沒問題了。從沒滑出路面過，除非是他自願。」他跳上大卡車，直踩油門，噴出大片藍煙後離去。事後米契搬了四百磅重的沙袋擺在小卡車後面，而他也精進了冬季駕駛技巧，從此不再滑出路面。

迅狐鎮另有一位老婦人康寇太太。她也是牧場主人的遺孀，現在卻住在破敗的貨櫃屋裡，屋外以黃色灰泥粉飾。經過多年的飛沙吹襲，灰泥褪色龜裂，皺成了鱗狀。有時費爾夫婦驅車經過，看見老嫗站在屋外，奮力將灰色的濕衣物掛在下垂的曬衣繩上。

「那個老東西，」尤金妮說，「怎麼有人淪落到這種地步，真叫人搞不懂。」

米契比她常與本地人聊天，因此聽說她時運不濟，也碰過騙徒。

費爾離開迅狐鎮前往緬因州的那天，車子曾路過康寇太太的醜陋貨櫃屋，院子裡停了好幾輛卡車，有幾個男人從貨櫃屋裡搬出一個大櫥櫃、一箱子製罐頭用的廣口瓶、一把搖椅。

「啊，」尤金妮說。「一定鬧過火災。不然就是可憐的老太婆死了，親戚過來分家產。」

米契不這麼認為。車子接近山腳時，康度・菲格的平板卡車滿載木板與原木迎面而來。米契從側照鏡看見他轉進康寇太太的院子。

米契很高興返回懷俄明，遠離緬因州，而尤金妮也不能說不高興，只不過她對這地方與以往一樣感到陌生。空氣清新，日光強烈，照得原本色調灰暗的地衣、岩石、蒙塵的鼠尾草葉光彩乍現，這一點是多雲的東岸永遠無法體會的。回懷俄明後幾天，第一次變天時颳走了山楊樹的幾片黃葉，將夏天的青草吹得直不起腰。隨後下了一場大霜，雜草因此倒地不起。之後連續放晴十天，天空一塵不染，翩然亮麗的山楊樹林裡金光四射，山坡上方的柱松散發出松脂香，如扭曲的緞帶飄送而來。

「的確好美，」尤金妮附和丈夫的說法。她幾度出門走上自家附近的森林步道，嗅著乾落葉層的氣息，聞著熊掠奪松鼠存糧時刨開的土味。有一次散步時，她碰上了一個獵人，倏然駐足。這人外表邋遢而強悍，O形腿，臉上塗抹成黑色，一耳前方被樹枝戳破皮，流出著一小串血珠。他手持一把看似威力強大的弓，箭頭鋒利如剃刀，閃亮著光輝。他以野狼般的目光瞪著尤金妮。她嗅得到一股刺鼻的體味。

「妳應該穿橙色才對。穿成那樣當心中箭。」

她穿的是褐色仿麂皮夾克，這才恍然醒悟到，假如樹林另一邊有人望過來，可能一時之間誤以為她是野鹿。也許剛才這獵人甚至一箭上弓瞄準了她。她說不出話來。她轉身開始快步走回步道起點。來到步道轉彎處，她回頭看見獵人跟了過來，心頭驚恐無比，因此拔腿奔回停車場，一路上以為一箭將刺入後背，或者自己將被一手捂住嘴巴。她絕口不向米契提這件事，因為米契曾多次提醒她，現在正值狩獵季節，他們應該去買幾件橙色背心。

十月下旬初雪紛飛，氣溫持續低迷，積雪也越堆越高。幾頭野鹿前來尤金妮餵鳥的飼料盒覓食，因此她以幾個派盤裝著葵花瓜子供牠們食用。不到一星期，黃昏時分院子裡聚集了五十頭騾鹿[7]，尤金妮回想起那個弓箭獵人，慶幸這些鹿免遭他的毒手。強風吹走了派盤，她找米契乾脆抱起二十磅裝的葵花瓜子袋，直接倒在一叢一枝黃附近的地面。野鹿每晚過來啃食一空，他們轉眼間每週必須花七十元來買葵花瓜子。狐狸也過來爭食，喜鵲、斯特勒藍鴉，甚至連不常接受人類餵食的北方啄木鳥也來報到。米契說他應該買支步槍，因為一頭野鹿的價值可以抵消鳥飼料的花費。

「天啊，」尤金妮語帶嫌惡。

「這種現象在東岸絕對看不到，」她寫信向昂娜報告。「野生動物多棒，只不過米契現在卻想大開殺戒。」她措辭謹慎，避免寫下「妳父親」。女兒昂娜從不寫信，以電話說她已經搬出小木屋，住進布魯克林區的公寓，也說哈爾正在長牙齒，又哭又鬧的很難帶。昂娜也說，小孩現在白天送到托嬰中心，因爲她找到了一份理想的工作，目前在一家拍攝紀錄片的公司上班，紀錄片以關懷社會爲主題，在電視上播放。

「話雖這麼說，日子還是不太好過，」她說。

「妳需要錢嗎？」尤金妮問。能與昂娜通話令她高興得差點哭出來。直至此時，她才了解隻身與米契定居在懷俄明多麼痛苦。她知道大家在他們背後指指點點。她去迅狐鎭的雜貨店買雞蛋時，一踏進店裡立刻鴉雀無聲。如果她主動說，今天的天氣眞好，衆人會遲疑一下，接著有人會以爽朗的聲音說沒錯，隨後又是一片肅靜。她走出雜貨店，門一關上後立刻聽見大家七嘴八舌。郵局的女人本身也來自外地。她說，「喔，他們會接納外人沒錯，不過只接納到圍牆邊，絕對不准你開外門進去。」

「錢？」昂娜說。「我倒是用得上。付房租的日子好像一轉眼就到。我這份工作的薪水不高，不過如果我能一直做下去，很有可能拿到高薪。」她的嗓音快活而自信，尤金妮忽然懷念自己從前的工作，想念以前具文化素養的紐約人聊天內容，想念正午逛街時找到她想要或需要的商品，也想念紐約的餐廳與博物館。昂娜沒有提到查茲，尤金妮也不過問。她猜女兒已經和查茲吹了。她寄去一張支票，也請昂娜幫她寄來一種特製的護手乳霜，因爲她在懷俄明找不到。

米契得知孤挺花牧場擋住了野生動物長年的遷徙走廊，導致麋鹿、野鹿與叉角羚現在必須繞過迷宮般的城鎮、牧場、圍籬與道路，最後才能抵達霸徹羅山脈的傳統夏季草地。原木豪宅個個配備了汪汪亂吠的家犬，對野生動物的危害不比低級貨櫃車屋來得輕微。一絲罪惡感開始染指他待在家中的時光。儘管菲格家賣掉了地，畜欄除了風之外什麼都擋得住，但米契幾乎能瞥見康度·菲格仇視著這些阻擋野獸遷徙路徑的房舍，而這些房子也破壞了古老的景觀。

十二月酷寒，狂風吹襲之下更覺悲苦。尤金妮外出時，針狀雪花刺痛了她的臉，吹得她的防風夾克呼呼響。道路隨處險象環生，因此日復一日她受困家中，而米契居然能在惡劣的天候中繼續開車兜風，對艱難的路況感到津津有味。雪停了，風勢卻增強。風吹得她筋疲力竭。乾燥冷冽的風偷偷在每棵鼠尾草背風處堆積小雪丘，將剩下的雪琢磨成緊緻而光滑的雕像。僅有的雲朵被風拉得細長如縫衣線，而受強風侵襲的天空則顯現冷冷的藍色，有如瓦斯火焰。強風緊咬沉重的木屋，以猛烈的陣風撼動著。清晨風勢歇息數小時，等到太陽爬過山楊樹梢，強風再度吹起，野蠻而熱切，將僅剩的幾小片鬆雪掃進空氣裡。眞正無風的日子幾乎沒有。慢慢地，惡劣的天氣轉爲他們此生經歷過最可怕的一個冬季。

某日下午，她坐在英國榆桌前閱讀一本新書——《現代浴室設計中的熱帶主題》，書中滿是蕨與蘭花垂掛牆上的插圖。米契又外出漫無邊際地開車兜風。她注意到長滿恩格曼雲杉的山坡出現一閃即逝的動作，似乎不像是被風吹動的。接著又動了一下，在雪地裡移動著。她取來賞鳥用的雙眼望遠鏡觀察。有一個男人正匍匐穿越樹林。

他在雪地裡蹣跚前進，一吋吋挨近。她在書桌前觀察著來人，心跳猛烈而快速。她回想到秋天遇見的那位獵人。雪地裡的男子來到距離屋子五十呎處時，她本以爲男子會站起來，向前彎腰，雙手拿著一把刀或弓箭。但他卻仰首露出惡狠狠的表情。也許他甚至發出狼嗥。男子的臉色脹得火紅，儘管天寒地凍，她遠遠就能看見這人臉部蒙上一層薄汗。他看起來像個瘋子。她向鹿角泉的警察局報警，然後等著警察上門抓走擅闖者。她的心情焦慮又惶恐。她也打給米契的手機卻沒有接通。這一帶通訊死角非常多，米契鮮少開機。過了將近一小時，仍然沒有人前來搭救。她每隔幾分鐘向外窺視，看看男子是否仍在屋外。男子有如毛毛蟲在雪地上蠕動前進，朝房子正面爬去，繞過轉角後，她再也看不見，要繼續觀察的話非走出家門不可。她隱約聽得見男子在呻吟，重複說著同樣一句話。痴漢一個。驚恐的情緒逐漸在她內心高升。

她總算看見警察巡邏車駛過長丘頂端，後頭跟了一輛眼熟的黑色吉普車。兩輛車轉入門前車道。她站在廚房窗口。她已經看不見爬行的男子，卻能想像到他爬向門口的聲音。

警車的駕駛是身穿制服的紅髮胖女人。她等著吉普車停下。愛琳諾拉．菲格以敏捷的身手從吉普車上跳下。兩個女人走向門廊的最遠一端，她聽見兩女的講話聲。

「一、二、三，抬起來，」有人說。兩個女人扛著男子來到警車旁，然後攙扶他上車。菲格靠向車窗，對他講了幾句話。紅髮女人來到尤金妮的門口。

「滑雪人。在山坡上摔斷腿。」她指向山楊後方的陡坡。「他受了傷，」紅髮女警語帶指責。「一路爬到這裡來求救，看得見妳從窗戶向外瞧，妳卻一直不開門。」

「我又不知道他想幹什麼，」尤金妮以辯解的口吻說。「說不定他是——我也不知道。我看不出他打的是什麼主意。他有可能是殺人犯或是通緝犯。我不知道他受了傷。」

「呃，妳明明看見他趴在那邊。他沒做什麼壞事，對吧？」

「有可能是陷阱啊，」尤金妮說。胖女警不再多說，大步走向警車，碰了菲格肩膀一下，對她說了幾句話後兩人開車離去。

米契黃昏時回家，尤金妮守口如瓶。

幾乎打從搬到懷俄明的一開始，米契就愛上了開車遠途兜風的樂趣。他從不知道開車這麼好玩。道路上完全沒有人車，四面八方全是寬廣的盆地與山脈景觀。他行駛的是濕滑的鄉間小路，穿越有泥沙從滑坡傾瀉而下的紅峽谷，橫度緩峰處處的大草原。他驅車登上的高山中，有些埡口因積雪深厚，一年只開放四個月。遇上路面結冰時，碰上風雪白茫茫時，他減速慢行而過，感覺到小卡車挨著強風抨擊而哆嗦。有些泥土路因雨水浸濕了地表的膨潤土，導致路面濕滑如豬油，他因此受困荒野一兩次，無計可施，只好坐著等路面乾到車胎不至於打滑再通行。兜風時他喜愛播放尤金妮討厭的古典音樂CD，透過音符來領會大地之美。

他在無意間發現了最理想的兜風音樂。有一次他與尤金妮為了某事爭吵，一個小時之後莫名其妙地心煩起來，因此隨手抓了一把CD往小卡車奔去。夫妻倆不適合成天窩在家裡。住在紐約市時，尤金妮白天上班，晚上回家，兩人皆厭倦了其他人，彼此相依尋求慰藉，舉杯共飲，交換比較令人開心的辦公室八卦。有時候他們外出共進晚餐，但比較常見的情況是向「焙盤大廚」餐廳點購外送熱食。如今他們無職場八卦可聊，他也無法主動描述巨岩與顫抖的雪地給尤金妮聽。兩人的脾氣越來越大，時常看對方不順眼。他懷疑尤金妮想搬回紐約，而他半心希望如此。她何苦不直說呢？要他主動提起是不可能的事。他受夠了某件事，卻與懷俄明無關。發生了天大的事他也不走。

就在這種心情之下，某天他開車前往泥地溝鎮向西向北，進入空曠的大地，這時開始思考著本地的恐龍。史前恐龍在濕熱沼澤採食熱帶樹葉，以彎刀狀的爪子在彼此肚皮劃出大傷口，如今骨頭化石與固結成岩石的足跡散布各處。想著想著，他隨手拿起一片CD，也不看專輯名稱。讓自己驚喜一下也好。

群集的風琴音符如細網般罩下，哀傷柔緩。他對這種音樂不熟悉，因此加大音量以蓋過引擎聲。突如其來的低音吉他嗚咽巨響席捲而來，震住了他，彷彿在他的胸口炸出一個洞。由於巨響極像恐龍吼聲，令他幾乎驚呼。隨後，氣若游絲的婉轉音符再度響起，取而代之的是懾人的巨吼。這到底是什麼鬼音樂？在他的腦海中，音符、恐龍與嘶吼的風琴彙聚成一氣。風琴氣勢磅礴，正好吻合眼前的地貌。他的肌肉振顫，感覺電流往脊椎直竄而上，幾乎難以承受，而這種音樂卻與景觀配合得天衣無縫——黃褐色的地面、陡升的地垛、扇形的遠山、綿亙遠古的地質年代。

回家後，他翻遍了所有CD尋找風琴音樂，所獲不多——愛沙尼亞作曲家帕特[8]的《Annum per

annum》、《三藝曲》等等。再次兜風時他播放了這些CD，發現帕特的《Mein Weg hat Gipfel und Wellentaler》最適合菲瑞斯山脈，因爲緊追不捨的音波吻合了山脈如三宅一生設計的手風琴褶波紋。他獨處的時候，大口吞噬景觀時方能體驗最強烈的快感，沉溺於音符的滔天浪潮中，領受地質興衰遞嬗融入音樂的體驗。

又有一次，他開車兜風時留意到風河流域籠罩在一片黃暈的穢氣之中。鼠尾草叢之中有一小家便利商店，他停車加油，順便問店員那片黃霧是怎麼一回事。也許是沙塵吧？

年邁的店員臉孔扭曲，雀斑滿面，看似沙礫岩。他翻翻白眼。「是煙霧。空氣污染啦。從該死的姜納甲烷計畫區飄過來的。其中一塊超過十英畝。在懷俄明住了這麼久，從來沒看過那種煙霧。她活生生在你眼前慢慢死掉。皮條客緊抓著她不放，逼她跪下去，隨便哪個恩客只要牛仔褲裡裝了五塊錢，路過的時候皮條客都能拿著棍子對她說，『幫他吸一吸。』」

米契覺得這種比喻低俗而令人反感，因此安慰自己說，這老頭住在雞不拉屎、鳥不生蛋的地方，不清楚黃霧的由來，只是信手捻來一個替罪羔羊。

繼續兜風時，他讓自己面對現實，想徹底瞭解這地方的話，不只是行駛鄉間道路兜風、尋找適合險峻地形的音樂即可。他也明瞭自己頓悟得太遲了。他渴望徒步登上阿薩若卡山脈的險峻地勢，探尋尚存的大灰熊與山獅。他也渴望前往熊牙山、風河和華謝基山脈，進入梭洛斐與黃石的蠻荒，然而上述荒野屬於最險惡的地帶，無路可通，礙於他對這些地區的無知，他只得作罷。

時至三月，冬天出現短暫的裂縫，冷風轉爲乾暖的奇努克風。融雪彙聚成涓流，潺潺灌溉著青草地。溫度計碰觸到華氏七十（約攝氏21度）。一夕之間，溫暖的天氣如巨蟒吞下自己的尾巴，氣溫猶如被人拋踢出懸崖，急轉直下。隔天早晨，一朵黑色的滾軸雲壓垮了大地，以陣陣風雪襲擊冰冷的大草原。

「春季暴風雪，」米契說。被迫坐困家中令他不悅。他找來一疊野生動物的報刊雜誌，擦了一根火柴點燃壁爐裡的火種，然後坐下來準備好好讀一天書。他逐漸看懂了「殺生」的委婉語——「捕獵」、「處置」、「安樂死」。他瞭解到的是，本地的野生動物與人跡罕至的鄉野同樣岌岌可危。怪病席捲了野生動物界，有逐漸侵蝕生命的慢性病，有旋風似的傳染病，也有導致集體離奇暴斃的疾病，幫凶則是棲息地消失，人類侵佔野獸遷徙古道的惡行。他知道，這片野生世界與時光正在眼前上演最後一幕。尤金妮聽見帶蓋玻璃瓶口敲響酒杯時心想，那還用說嘛，沒有威士忌在手，他怎麼可能在壁爐前坐得住。

接近正午時，尤金妮正在烹調火腿起士焙盤，忽然聽見米契的咒罵聲，也有酒杯摔裂的聲響。她猜米契不是氣得摔杯，就是酒杯不慎掉落在壁爐前的石地。

「怎麼了？」她高聲問。

他走進廚房時全身發抖，一手甩著報紙製造百葉窗被風吹動的聲音。

「這些怪獸！」他說。他對尤金妮遞出報紙。尤金妮閱讀報導。一名青少年陪母親與弟弟採集造景用的石頭時發現一頭叉角羚，駕駛全地形車追趕得叉角羚筋疲力竭，然後下車將叉角羚拴在車子後方，拖行了一哩，接著挖出眼球，割下睪丸，最後放狗去啃咬，幾個弟弟與母親全程旁觀歡笑。

「太慘了，」尤金妮說。米契一臉隨時作嘔的神色。尤金妮將報紙交還給他。他粗暴地摺起來。尤金妮吱嘎打開烤箱門置入焙盤。她轉頭面向米契。她察覺到米契有如狐狸嗅出雪地下暗藏老鼠隧道卻無能為力。

「你講啊，」尤金妮說。「你多愛這個地方，說出來給我聽一聽。」此話一出，兩人皆知槓桿已插入裂縫，而裂縫遲早會被槓桿撐開。

她先是責罵終年不休的風勢，春天到了仍被風雪軟禁家中，電流不是不穩就是斷電。她的怒意逐漸轉向迅狐鎮的雜貨店，提到衆人在他們背後指指點點。米契默默站著，她知道他聽而不聞，心知他仍對羚羊之死念念不忘。因此她說出瘋子爬出樹林一事。

「發生那件事之後，我再也忍受不住了，」她說。「我要搬回去。既然你愛死了這地方，你可以留下來。變成本地人吧。去買輛全地形車，去買刀買槍。」

「有個男人爬出樹林？大概是迷路了吧。妳怎麼處理？」

「我打電話向蠢警長報警，過了好幾個鐘頭，一個胖女人才開著警車過來，那個牧場老女人也開著黑吉普車一起來，扛著他上車，載去別的地方，我不知道去了哪裡。八成是醫院。那女的說他斷了一條腿。」

米契心想，有好戲看，愛琳諾拉・菲格怎麼能錯過，因為尤金妮觸犯了鄉間的大忌——路見陌生人有難時必須伸出援手，即使是恨之入骨的仇家落難時也必須相助。

「這地方我們待不下去了，」米契說。「大事不妙。」

「待下去？鬼才想待下去。我受夠了。你聽懂了沒有？」

「懂，」米契說。他也成了跋涉深雪穿越樹林的男人，往開口爬行。

「我會先搬去借住昂娜或我爸媽家，找到自己住的地方後再搬。我們可以賣掉這棟爛房子，所得平分。我只想脫身。」她來回踱著步，焙盤在廚房裡香味四溢。

「昂娜一定很難接受，」米契說，尤金妮卻嘩然狂笑，壁爐裡一枝長了木瘤的樹枝同時爆裂。

「昂娜？笨蛋，她根本不是你女兒。你說她會『很難接受』，我倒很懷疑。」她接著提起米契的實習女研究生，說出自己與泰勒偷情的事（她卻將名字記成了台勒），說出腎臟移植前普雷懷醫生化驗出的DNA結果。米契的窄臉痛苦得難看。為了報復，他向尤金妮謊稱那個女研究生只是第一個，之後另有無數個。

「滾回紐約去，回去上妳的班，投奔妳可惡的爸媽，」他說。「不過我還是為昂娜感到難過。我還是把她當親生女兒疼愛。永遠不變。」

「愛？你對愛懂個屁！」尤金妮說。一隻色澤奪目的老鷹從窗口的餵鳥盒攫走北美山雀，將一把鳥飼料撒在窗玻璃上。

「被處置了。」米契說。

三天之後，道路恢復通行，米契開車送她至科迪機場，讓她轉機回紐約。這三天來，他天天與昂娜通電話，父女倆信誓旦旦地說，管他DNA化驗結果如何，她永遠是他的女兒，他永遠是她的父親。她說等他夏天搬進新家後，她會過去探望。如果到時候他安頓好新居的話。

機場的停車場幾乎爆滿，他逐列緩緩尋找停車位，這時看見一條土狼以跳躍慢跑的步伐走過車輛，彷彿想找出自己的車子。米契為了緩和緊繃的氣氛，笑說那一定是卡通土狼威立（Wile E. Coyote），開著Mini Cooper從艾克米過來搭飛機。尤金妮並沒有笑意。然而，假如他拿貨櫃大卡車開玩笑，她一定會以大笑捧場。

米契拖著她的大皮箱，小行李由她自行負責，小輪子在凹凸的走道上發出不和諧的隆隆聲。她排隊劃位時，他陪在身邊。來到兩男負責搜身的安檢哨時，他們轉身互看。該說的話幾乎全說了。

「再見。」米契說著擁抱她。

「對，再見。」她對著他的衣領說。

上飛機之後，她俯瞰懷俄明最後一眼，黑色山脊不是全白，就是覆蓋著斑斑白雪，道路猶如毛線圈鬆脫成一段又一段。從高空望去，人類的工程構造似乎只搔到大地的皮毛。道路只有幾條，偶爾出現人工湖。多數地面景觀只是褐色與紅色的大曲線、圓形凹地，或疾或徐的溪澗流過峽谷裂縫深處，干貝狀岩石上顏色較淺的岩層近似蕾絲，崩塌的山坡有如被超大型園藝工具耙過。底下的道路細如絲線，少少的幾輛車小如針頭，宛如爬行中的跳蚤。米契出門兜風留連忘返，迷戀的難道就是這幅景色——個人相形之下小之又小；形體被縮減爲單一蚊蚋，孤立於大群蚊蚋之外？難道他看上的是人生的荒唐之處？她心想，改天問問他吧。但她當然沒問，對這方面的好奇心也被埋沒在兩個新想法之下——其一是爲都市單身貴族設計的牛仔廚房，其二是一種牧場風格的廚房，爐床墊高，在壁爐上飾以交叉的烙鐵，以取代超現代的德國風格。

---

1：Honor，誠實、榮譽心。
2：Adirondack，紐約州東北。
3：Tremblant，滑雪聖地。
4：Bachelor，字義爲單身漢。
5：halvah，源自巴爾幹半島和地中海東部地區的一種糖食，混合蜂蜜、麵粉、奶油和芝麻等製成。
6：Condor，禿鷹。
7：mule deer，又稱北美黑尾鹿。
8：Arvo Pärt, 1935-。

# 蓄鬍競賽

有一段時間，麋鹿牙鎮的居民對冬天再也提不起興致。接近三月底時，被風颳倒的貨櫃大卡車數已難成話題。角鋼埡口即使在溫和的冬天也因積雪過深而關閉，繞遠路到外地也讓人望之卻步。麋鹿牙的居民再也受不了現實。他們擁抱風潮與遐想，而衝動下注者才有發財的機會。

幾年前，蓄鬍競賽的點子煽動了男士的心火。由於三月開始留鬍子已經太遲，但丕微的常客仍簽名發誓（採用黑如墨水的健力士啤酒），下一個冬天降下第一場雪時停用刮鬍刀，讓鬍子盡情生長，翌年測量長度，獎金於七月四日頒發。幾片雪花於九月十二日飄落，意見廣受敬重的大型動物獸醫施必特宣布比賽開始。

阿曼達．葛立布沿用牛仔賽的規則（在麋鹿牙相當於法律），向每名參賽者收取十元以籌措獎金。麋鹿牙的商家只有麋鹿牙銀行、西部服飾飼料店，以及三間酒吧——丕微、泥地洞與銀毫，各捐獻五十元以壯大獎金的規模。丙烷氣罐車的司機也拿出十元，但他對下巴種草敬謝不敏。阿曼達把獎金存入乾淨的廣口瓶中，放在丕微的鏡架上。

參賽者共有二十七人，最小的是年僅十四的凱文．寇肯度，最老的是八十幾歲的老連。凱文的父親牛筋草說，凱文年紀還小，參賽的勝算等於指望豬圈裡的煎餅被豬冷落。但凱文心意已決，以零用錢買生髮水協助初生的細鬚茁壯。其他參賽者要求老連在比賽開始前刮鬍子，因爲他平常留著兩吋長的短鬚。他滿口不情願仍剃掉鬍子，但只過幾天，兩吋鬚似乎又重回他臉上。長至兩吋後，成長似乎就此停擺，衆人欣喜不已。根據牧奇研判，老連由於老臉皺紋深沉，鬍鬚深藏其中，所以才能一口氣冒出兩吋。一臉皺紋也凸顯了老連無牙的情況。(據說早在一九五〇年代,老連在烙印小牛時被踢掉了門牙,他下巴淌著血,拾起門牙硬是裝回原位。後來門牙還是掉了,兩旁的牙齒也跟著動搖,他索性使出牛仔的作風,拿著鉗子,額頭靠在木樁上尋求支撐點,將牙齒一一拔出。從此以後他成了玉米粉麵糊的美食專家,而他最喜愛的食譜一開頭就是「準備一夸脫的鹿血……」)

衆人的鬍鬚顏色與毛質互異。老連的鬍鬚短,黃中帶白。戴布・希魄的鬍鬚蜷曲如泡麵,大部分是黑色,兩側有幾鬚銀絲。牛筋草・寇肯度的鬍鬚火紅濃密,與金絲貧瘠的兒子凱文形成對比。漁獵部的管制員魁爾・吉蒙金斯基也留了紅鬍子,並不出人意外,因爲他全身上下的毛髮都是橙紅色,油漆店把這種顏色命名爲「橘紅夕陽」,只可惜與紅制服格格不入。嚴冬俄甫誕生在一九四九年暴風雪期間,出生地是萬沙特以南的簡陋小屋,他的鬍子則烏黑如黑玉,筆直的鬚鬚宛如球狀仙人掌的刺。一位冬天在菲絲達・潘趣的牧場幫工的英國人也過來湊熱鬧。他的姓名是羅貝特・普沃托福特・索吉爾,拗口難念。他的臉肉如牛腰部的硬脂肪,留出滿臉的棕褐色鬍碴。魁爾密切注意這人,因爲他知道有前科的人喜歡到偏遠牧場打工,以盜獵來滿足變態心理,對任何具體溫的東西性致勃勃。翌年元月,參賽者的臉苔已變濃變長,多數皆能以手指爲梳,而且越梳越過癮,因此每晚掉在鋅質吧台上的鬍鬚數不勝數,讓阿曼達抱怨不已。

「比在吧台上養小貓還糟糕,」她說。

情人節過後不久，明顯有三四人勝出：牧奇、牛筋草・寇肯度、鬍鬚呈蕃薯泥色的偉利・胡森以及凱文・寇肯度。他的鬍子雖然稀疏，長度卻足以傲人，令他父親氣結。

「該刮掉這臉乾草的時候一定很吃力，」牧奇說。

戴布・希魄討厭別人提到乾草，他說要刮還不簡單。「先拿剪刀剪掉，然後好好洗個熱水澡，塗一大把刮鬍膏，這不就得了？」

「最好去蘭德的老松理髮店。最省事了。乖乖躺著讓他動手就行。」

「不對，最好還是去沙若托加或是去熱波里泡泡溫泉，讓溫泉水浸到鼻子以下，然後趕快跑去理髮店，以免鬍鬚乾掉變硬。溫泉裡面的硫磺好像可以腐蝕毛髮，至少能讓毛髮變軟，」昆特・斯迪普說。

「當然了，最好還是帶著刮鬍刀去泡湯，不過他們一定不准。」

「腐蝕毛髮？你一定常連頭泡湯吧，」艾爾・莫特邊說邊瞧著斯迪普漸禿的頭頂。「再怎麼說，我也不想刮掉。反正留到這種地步了，一不做，二不休。」

雖然起初大家抱著尋開心的心情參賽，後來競爭卻變得激烈而火爆。時常有人針對鬍鬚提出問題，卻無人能解答。酒客經常辯論鬍鬚是否能防治支氣管炎、吃素的人是否比吃葷的人喜歡留鬍子、蓄鬍的政治人物是否比較激進，諸如此類的酒辯讓阿曼達感到厭倦。鬍鬚的話題佔盡鋒頭之前，眾人的焦點擺在牧奇的愛犬「牛仔喬治」失蹤疑案上。如今有關鬍鬚的疑問一一浮現卻無人能解。阿曼達趁休假日去拜訪梅瑟蒂絲．迪西陸耶[1]。她的先夫比爾．迪西陸耶是養羊戶，畢業於普林斯頓時成績名列應屆前百分之五，多年來收集了各種主題的書籍無數。比爾去世後，梅瑟蒂絲繼承了羊群、牧場、房子、家具，藏書也包括在內。

「我當然還留著。羊賣光了，書卻全留下來。我也不曉得爲什麼要留，大概是幾乎不去那個角落吧。那邊就像個圖書館。還聞得到比爾以前抽的雪茄臭味。就像幽靈每晚在裡面邊抽雪茄邊看書。」

梅瑟蒂絲帶著她繞過有瘤節的松木，穿越以原木爲桁的走廊，進入一個個以動物頭顱與皮椅裝潢的房間，最後走進陰暗的大房間，這裡開了一道朝北的縱向天窗，書架縱橫全間，成千上萬的書籍從地板堆到天花板。她打開頭上的軌道燈以彌補自然光，書名頓時蹦入眼簾：《鞍傷防治》、《公雞之書》、《與馬斯克拉上校共探蘇利南》等等。

「找書的時候從哪裡找起？」阿曼達問。「有照圖書館那樣分類嗎？」

「沒有。問題就在這裡。他自己知道書怎麼擺，別人卻找破頭也找不到。有一次我想找牛仔詩歌的書，一找就是好幾天。我明明知道他有哪些書，尤其是骯髒的那種，可以就是找不出來。有些書他用顏色來分類。看看那一邊。整個書架全是紅色。另外有一區是藍色，也有綠色的一區，之後我猜他大概死心了。不對，推理小說用黃色來區分。我就只知道這麼多了。」

「這樣喔。我想找的是有關鬍鬚的書。妳該不會正好知道擺在哪裡吧？」

「除了鬍鬚的書，這裡什麼書都不缺。」

「他買這麼多書做什麼？」有些商店只賣書，不微那群蠢牛若知有這種店，一定會大吃一驚，但爾文．漢蓋特例外。他喜歡讀書，即使坐上吧台，獸脂色的大臉照樣埋在書中。她心想，假如扔給戴布．希魄一本書，他八成會嚼掉封面與封底。

「這個嘛，有些是從舊貨店和網路上買來的，不過多半是去大小城鎮參加養羊戶大會時順便帶回來的。換成別的男人，一定去到處鬼混，比爾卻不一樣。他會直接翻電話簿裡的黃頁找二手書經銷商，然後上門去東翻西找，選上了他中意的五六十本才托運回家。他最後住院的時候，書照樣一箱箱寄來。全堆在那邊的角落，從來沒打開過。好吧，妳自己慢慢去找，找到喜歡的書就留著看。」

阿曼達開始從以顏色分類的書籍下手，發現多數藍系列的書多半與海洋或探索航行有關，而綠系列則不脫自然史或森林學。她掃瞄著書名，尋找「鬍鬚」、「毛髮」與「小鬍子」三個字眼。尋覓數小時後，她理解出這些塵封的書籍不乏分類的跡象可循，隨後找到《毛髮崇拜》的書名，頓時滿懷希望，可惜她的希望轉眼間破滅，因爲此書以照片爲主，全是一九六七〇年代的英美髮型，讓人越看越煩，與鬍鬚完全扯不上關係。在概念上，頭上的毛髮似乎與臉上的毛髮井水不犯河水。找了一個下午，她除了兩手灰塵之外一無所獲。

「感覺好像應該會找到什麼。如果可以的話，我想再回來找一找，」阿曼達對梅瑟蒂絲說。

「沒關係，想來的話隨時歡迎。很可惜這次妳沒找到。」

隔天下午，阿曼達來到不微接替老闆路易斯．麥考斯基的班，老闆卻說，「梅瑟蒂絲打電話來過，叫妳下班後過去一趟，多晚都沒關係，因爲她喜歡熬夜看老電影。她找到妳想找的東西。妳想走隨時都行，反正我今天晚上會一直待在這裡看球賽。」

梅瑟蒂絲．迪西陸耶穿著先夫的睡褲與深紫色的絲浴袍。她渾身波本酒氣。

「進來吧，」她說。「我幫妳找到可能不錯的書。只不過好難讀耶。裡面好多外文，也有不少字歪向一邊。」

「斜體字是吧？」

「對。哪，就是這本。可惜裡面沒插圖。」她遞給阿曼達一本橙色的書，書名只有《鬍鬚》兩字。

這本書出版於一九五〇年。她掀至一篇名爲「基督教食人族之烹飪術」的文章，裡面滿是鬍鬚的淵源。她讀到，號稱獅心王的理察一世[2]曾經以盛宴款待戰士，主菜是烤薩拉遜人頭，而人頭入烤箱前必先刮除毛髮。接下來她發現一篇論述鬍鬚與素食主義者的文章。

「這本很不錯，」她說。「妳怎麼找到的？」

「說來好笑。我在清走廊那個大櫃子的時候，清出了比爾的筆記簿，其中一本的封面寫著『書目』。我翻開來看，裡面寫的是他使用的分類法。死前也不告訴我一聲，害我越看越火大。每個書架最上面都寫了一個小號碼，妳也看見過吧。」

「對。」

「這本筆記簿說明哪個書架找得到什麼書。我先找鬍鬚，卻一本也沒找到。所以我改找毛髮，找出大概七本，外加這一本。這本妳可以留著。」

阿曼達把書放在吧台醒目之處，未久書已被翻爛，也沾滿了各類酒精。作者瑞吉諾．雷諾茲用語深奧，筆法挖苦，書中點綴著反諷語句以及未經翻譯的拉丁文與法文詞彙，沒有人讀得通。作者也喜歡以迷宮似的迂迴語法來陳述，而且假設讀者精通歷史、文學、航海、宗教、軍事謀略、方言、兒歌，以及哲學。他也愛開冷笑話：有位埃及學家在考古時挖掘出一段電線，因此宣稱古埃及人發明了電報，後來競爭對手卻說，開挖亞述人遺址時沒有發現這種電線，因此可以斷言亞述人必定享有無線通訊科技，挖掘出電線的埃及學家因而啞口無言。儘管有看沒有懂，丕微的常客仍能從《鬍鬚》一書中去蕪存菁，體現開卷有益的道理。

阿曼達帶來一本字典以化解書中的疑難。漸漸地，丕微酒客的字彙擴展，增添了不少有學問的字眼如「愛鬍人」、「斷袖之癖」、「擁有靈界知識」、「容顏」、「假毛髮」、「方尖碑」、「僥倖發現之事物」，以及驚動四方的拉丁文**尚祈鬚髯昌盛**！酒客讀了書後並未大受啓蒙，只是產生不少好奇心，因爲書中敘述了古代蓄鬍人嗜食馬肉，也記載了某位修道院長相信鬍鬚滋生的原因是飲食無度，由此可說明飲食清淡的印第安人爲何長不出鬍子。讀者也發現，由於亞當在伊甸園時嘴上無毛，因此認定鬍鬚是失樂園後的附帶懲罰。

牛筋草．寇肯度發現註解提及一個源自穆斯林文化的故事，該故事指稱惡魔的下巴只長出一根超長的鬍鬚，他因此喜出望外，以這個小故事來促狎兒子凱文。凱文不甘勢弱，翻閱之後找到一篇文章描寫殘殺紅鬍人的古文明。

書中也提到許多妝點鬍鬚的例子——攙加金屬絲、染料與金粉；阿拉伯人喜歡將鬍子修尖；埃及人喜歡佩戴直線形的假鬍子；亞述人的鬍鬚捲曲誇張；西台人的鬍鬚修剪得方方正正；綁成辮子的鬍鬚；長到足以中分掛在耳朵上的鬍鬚。儘管這些花樣再吸引人，參賽者不敢大膽嘗試，以免損及鬍鬚長度。

維克．維斯經常捧著這本書朗誦，碰到中古法文、教會拉丁文、古英文時亂念一通。

「老天啊，」愛書人爾文說，「別再念了，行嗎？聽起來像安伯托．艾可[3]。」

「誰？」維克說。

「這人我認識，」老連說。「伯特．埃克，以前幫鮑伯．烏特利工作過，現在搬去內華達州了，住在養老院裡。專收老牛仔的養老院。」

爾文微微抬起一手後緩緩放下，以表示再說明也無濟於事的無奈。

蓄鬍人前往沙克光顧沃爾瑪百貨裡的藥房，逐架找尋生鬍軟膏與藥水，還催藥劑師訂購改良的新產品。老連拖出床鋪下的箱子，翻找出一九四六年份的《西部寫實》雜誌，裡面有一則廣告促銷一種生髮器材，扭緊發條後能產生輕微電流，傳導至人體後能促進毛髮生長，保證有效。廣告的相片裡有三名男子梳著頭髮，濃密的程度直可塞滿彈簧床墊。他也從儲藏室挖出一條年代久遠的電毯，摺成一團後湊緊下巴睡覺，樂於吸收能刺激鬍鬚毛囊的電流。牧奇將威而鋼溶成藥水用來洗鬍子，立即效果不得而知。

到了四月下旬，多數鬍鬚已變得濃密茂盛。丕微裡的男客無不斜眼看著彼此的臉毛。暫時領先群雄的是牧奇。他一度被偉利・胡森超前半吋，現在已經重登寶座。時常有人希望一測長短，阿曼達每天要應付六次。魁爾・吉蒙金斯基暗戀她時曾送她一把小捲尺。他曾用這把尺來測量野獸足跡與外州釣客釣上的鱒魚。兩年前的春天他偷偷愛上阿曼達，不時送她禮物，包括空的馬蜂窩、狼糞、尖尾松雞的恥骨、迷你捲尺。漁獵部的僱員自認這些好禮勝過鮮花與巧克力。後來阿曼達看上凱斯白來的一個傢伙，魁爾的暗戀之情才逐漸退燒心死。這人發明一種自稱「牛仔護手霜」的東西，惹得牧場工酒客猛講葷笑話。

阿曼達說，他希望在三十五歲之前成爲百萬富翁。

「根據我的算法，她早在十年前就超齡了，」魁爾刻薄地說。他習慣下午到丕微殺時間，隨時望向正面的窗戶，擔心漁獵部的公家車出現。由於他的觀點偏自由派，在鄉下地方不受歡迎，上司也視他爲眼中釘，密謀將他除之而後快。阿曼達也幫他站崗，一見漁獵部的卡車停靠門外，立刻以氣音說，「閃人，」魁爾應聲躲進存放一箱箱空瓶與臭拖把的後房間去。

魁爾最要好的朋友也是單身漢，姓名是柏拉圖・巴克魯，任職於森林處，職責與他類似，身材粗壯，金髮，頭形如斧，時常與人打架。他鼓吹無道路的荒野空間、野狼保育與以馬載木，與傳統態度形成正面衝突，因此被這派人士諷稱爲「鋼盔頭」，與「柏拉圖」一字發音近似。阿曼達也向他通風報信。她一說「好希望來點開心果冰淇淋喲，」表示同色的森林處公用車已進入視線範圍。這兩個愛惹麻煩的單身漢喜歡一同喝酒、打獵、釣魚，討論辭職後開設顧問公司的可能性，只不過顧問的對象是誰，顧問的性質爲何，他們也說不出所以然來。兩人週六下午經常待在魁爾的廚房裡，魁爾綁著蒼蠅餌，柏拉圖則練習以火雞翼骨吹笛子。兩人另有一處交集：他們的曾祖輩都曾在樂壞彌的準州監獄服過刑。柏拉圖的曾祖父是來自俄亥俄州的石灰工人塞發斯，因偷走夏延一間寄養馬房的馬毯而被治罪。魁爾的曾外公奧克遜來自波士頓，擔任船隻木工，爲詐領獎金自稱捕獲三條野狼，後因作僞證而入獄。撇開母系的血親不談，魁爾的父親以妻子之名撰寫西部愛情故事，投稿《眞情告白》雜誌，卻因此打翻了一個牧場人的醋罈子，因爲他的靈感多數來自牧場人妻，這位牧場主人看見他常找妻子聊天，以此證明髮妻與他有染，因此趁他拴緊牧場門時槍斃他。魁爾的母親兩年後因乳癌併發症過世，他在營地鎮的姨媽與姨丈家住了鬱悶的幾個月，後來被送進男童孤兒院。

兩個好友很講道義，經常幫助彼此脫困。有一次柏拉圖在能見度零蛋的暴風雪中駛出路面，跌進一個埋馬屍的大坑裡。牧奇爲一匹馬進行安樂死後，原本挖了這個馬坑準備埋葬，卻將死馬留在原地，而且遲遲不肯前來塡土。由於坑洞的大小碰巧符合森林處的小卡車尺寸，哥倆好花了將近一整晚才利用重型三腳架與絞盤將車子吊出洞外。

四月的這天下午，阿曼達的酒吧裡只有魁爾與老連兩個客人。魁爾進來時口渴得發慌。此時全州大鬧乾旱，強風肆虐的大草原上的小湖與池塘紛紛見底。風從乾塘底颳起鹼粉塵，將礦物粒子一串串往東吹送。魁爾開車穿越了重重鹼塵，喉嚨因此乾痛。啤酒紓解過的乾喉鮮少比這一次更加嚴重。

他看得見鏡子反射出的鬍子，見狀並不見得不高興。他的鬍鬚長得濃密，而且傾向於向下捲曲，因此掩飾了實際長度。等到決賽之日捲尺一出，他自認必定能傲視群倫。

「再給我一杯，」他對阿曼達說。阿曼達再倒一杯啤酒，以靈巧的身手從吧台下悄悄遞出。酒杯舉到一半，他聽見一輛摩托車噗噗作響騎來酒吧前，吸引了他的注意力。一位胖胖的老人跨下銀色摩托車。這輛車的規模相當於一匹短腿馬。他裹著頭巾，嘴巴圍了一條馬車搶匪常用的紅絲巾。他踏進酒吧後扯下頭巾，也打開紅絲巾，魁爾一看，下巴再也合不攏。紅絲巾一解開，一大叢白鬍子立刻冒出，裝滿一整個手編竹籃絕對沒問題。大鬍子從老漢的上唇一路垂至皮帶環，色澤雪白晶亮，宛如有一輪滿月從後面照過來。兩側的腮鬚猶如密蘇里河匯流至密西西比河，毛量超乎常人。粗重的銀色鬈髮則從頭頂潑灑至肩胛骨。魁爾慢慢驚呼一聲，兩眼直視海嘯般的鬍子。

陌生老漢對阿曼達的凝望視若無睹，點了一杯啤酒，卻在飲用前從胸前口袋取出銀吸管。這是南美馬黛茶行家偏好的喝法。阿曼達點頭表示稱許。酒客叫她測量鬍子時，她碰到的鬍鬚不是濕答答，就是凝結了蛋黃，不然就是黏有芥末醬，有的鬍子還沾了一顆顆碎屑，吊在鬚鬚上好像小男孩緊抓繩索盪過游水坑上方。這人懂得保養鬍鬚，絲絲輻射出深橙黃色的光彩，蓬鬆飽滿，飄送出淡淡玫瑰花瓣的清香，在在顯示此人乃是愛髯天師——套句瑞吉諾．雷諾茲可能的用語。

魁爾想看陌生老漢的車牌，心想這人肯定來自蒙大拿州，因爲從庫克市到利文斯頓的走廊沿線住了一堆特異獨行之士與怪胎。就算不是蒙大拿，也有可能是內華達州，因爲該州的大鬍男隨處可見，拉斯維加斯例外。他在賭城可能不受歡迎，因爲他有心暗槓的話可在鬍子裡藏下一整副撲克牌。魁爾溜出酒吧一探究竟，發現車牌竟屬於東北角的羅德島州，大表不解，因爲他總將羅德島州的面積等同於沃爾瑪的停車場。他也對摩托車多看一眼，是新型的哈雷，屬於Softail V-Rod車系。魁爾爲了買輛哈雷已經存了十一年的錢，卻仍不敢猜想這種水冷式的新車。他知道大鬍子老頭絕對掏出了不下十七張大鈔。他搖頭走回丕微裡面。阿曼達抓住他的視線後，他以唇形說「羅德島」。

「看出端倪了嗎？」陌生老漢說，魁爾這才發現酒吧的鏡子反射出他剛才的去向。

「只是想看你打哪裡來的，」魁爾嘟噥著說。他感覺到自己的鬍子枯萎，半數鬍鬚的方向轉離這位東岸陌生客。

「既然你想知道，我就全講給你聽。我的生日是一九三九年十月十三日，出生在紐澤西州西科卡斯市，姓名是拉爾夫．柯普士，父親海登．柯普士是事業有成的淡水生物學家，母親維吉尼雅．羅素林在二次大戰期間前往婆羅洲研究蠟染，回國後在紐澤西織布研究院的亞洲織布部門擔任主任。我大學就讀普林斯頓，以前百分之二的最優等成績畢業，然後念研究所，主攻人體工學。後來結婚、離婚，有一個女兒，在東岸大小爛學校教了三十二年的書，上個禮拜才退休。我來這裡是想找梅瑟蒂絲．迪西陸耶。

好久好久以前，她的老公是我在普林斯頓的室友。我計畫買下他們家的以前讓牛仔過夜用的工寮，整修一下。準備搬來麋鹿牙養老。這樣解釋有沒有用？」

魁爾的雙耳灼燙，對阿曼達說聲「待會兒見」後離開酒吧。

上了小卡車後，他看見柏拉圖腋下夾了一個帽盒走出西部服飾飼料店，臉孔瘀青，黑了一個眼圈，表示週末在遠地的停車場又發生一場激戰。柏拉圖喜歡打架。

魁爾示意他過來。

「假如你想被嚇破膽，走進丕微看看坐在吧台前的人。這個鬍子比賽再比也沒啥意思了。」話還沒講完，陌生人走出丕微，開始將超大叢的鬍子裹進絲巾裡。

「天啊，」柏拉圖邊說邊搔著下體。這是他緊張時的習慣動作，在服役時養成。

兩人向他行注目禮，看著他發動V-Rod後呼嘯而去。

「他要搬來麋鹿牙，」魁爾說得陰鬱。「想買下迪西陸耶家以前的牛仔工寮。」說完後兩人沉默良久。

「其實啊，」柏拉圖說，「什麼V-Rod嘛，我本來就不喜歡。要是哪天我想買個『摩吐車』，一定買老牌子的野牛機車。你聽過沒有？」

「聽過卻沒看過。聽說一直在設計階段，從來沒有實際生產過，」魁爾說。

「那豈不是更屌？」好友故作神祕地說。

「我嘛，乾脆騎馬就好了。」

以他們兩人而言，蓄鬍比賽已經落幕。

1：Mercedes de Silhouette，Mercedes是賓士車，silhouette是剪影畫。

2：一一八九—九九年間擔任英格蘭國王。

3：Umberto Eco，義大利作家、歷史學家，一九三二年生，著有《玫瑰的名字》、《傅科擺》……等。

# 萬沙特之狼

巴帝・米勒開車時避免與其他車擠大馬路。正因爲他討厭與人分享公路，他時常一台卡車「凸」遍大草原，或是行駛如迷宮一般、路線逐日模糊的砂石路。這些路有些是捷徑，多數卻能直達遠方，其中幾條則是名副其實的荒郊野路。

巴帝從小生長在灰牛鎮三十哩外的一個小村落，沒有交通號誌，八歲大就在雙親的甜菜田周邊馬路學開車。

高中畢業後一小時，巴帝的父親遞給他一瓶啤酒問道，「怎樣？是念大學還是找工作？」

「找工作，」巴帝說。

全家族最閃亮的一顆星是他的表哥贊恩，目前在德納里[1]國家公園擔任野地生物學家，每年感恩節回懷俄明吃團圓飯。他今年三十八卻仍單身，巴帝不太喜歡這個表哥，認爲他八成在搞同性戀。巴帝一直尋找著明顯的跡象，可惜贊恩的演技精湛。他喜歡以目空一切的口氣說他的「專精領域」是狼，只不過他先前的研究對象是熱帶食果蝙蝠。贊恩經常逼家人聽他大談野狼習性、野狼生理學、人類侵害野狼生態的罪行。每年耶誕節，他寄來的卡片總是野狼在雪地奔馳而過的圖樣。有一次，贊恩回來過節時，巴帝的母親稱讚贊恩致力維持自然界的平衡，不料贊恩卻擺了個鬼臉，直說自然界平衡一詞已經像是絕跡的度度鳥。

「天下沒有什麼是眞正平衡的。拿一場撲克牌局來比喻好了，例如梭哈，牌局進行中一切都持續在改變，賭金啦、牌的組合啦、玩家啦、甚至連牌桌都會變，而且每一項賭注都受到天氣影響，你在房間裡打牌，拆除大隊卻正在拆同一棟房子的其他部分。」

時常意見相左的巴帝與父親這次總算父子同心，兩人互使眼色。

「事實是，」贊恩說，「人類大部分時間都不瞭解自己在做什麼。有人認爲，人類只是隨便胡搞，另外有人認爲——」

「你見好就收吧。」巴帝的父親說，沉默的簾幕隨之罩在桌上。

巴帝最初爲父親效勞，無奈老爸脾氣不好，兒子講話也不太中聽。甲烷大發利市之後，他在粉河盆地找到粗活，上工幾個月後，他批評了工頭幾句話結果被開除。他搬家到丹佛，找到一份室內的工作，擔任塗灰漿匠的助手。被炒了魷魚之後，他做起了一般屬於中南美裔婦女的工作——將預先切割好的硝化賽璐珞立方體塗成骰子。然而揮發溶劑讓他嗅得直喊頭疼，在骰子上鑿孔上色的工作單調乏味，他只好重操建築舊業。

他把情緒日漸低迷不振歸咎於不適應都市生活。丹佛市到處人擠人，特別是第十六街，簡直像是怪胎大遊行，四方盡是穿超長皺褶牛仔褲的半醉印第安人，女人臉上塗得五顏六色，從黑炭到起士抹了整臉。遊民到處群集，櫻桃溪只能勉強流出一丁點水，不足以舒緩沉淪高海拔區的鬱悶。有遊客逢人問路，結果只找得到速食餐廳與低級T恤店，往南行經市場街附近的一座無厘頭塑像，只見金屬的野牛卻裝上人類的膝蓋。旅客見狀後露出「幹嘛來這裡？」的表情。除此之外，這裡也有他個人看不順眼的事物——穿西裝卻留著上短後長的髮型；剃大光頭卻穿著海灘褲上街；服務生站在街頭偷閒吞雲吐霧；女同志戀人當街分享一粒焦糖蘋果；黑人男子在九月的大熱天穿著貂皮大衣猛流汗；寫著雪崩隊、落磯山隊、野馬隊的小帽；散步的人、消磨時間的人、等著即將到來的事物的人，全在西部山景的背影前動作著。更令人受不了的是他的老闆，每次下令後總想確定他是否聽懂，總是問，「眼睛瞄哪裡去了？」巴帝咬了一年的牙，與修溝工人扭打一場後悶喊一聲「去他的」，然後往北探尋荒郊野路。

才過懷俄明州界線一兩哩，天空開始飄起零星的乾雪花。他在地圖上看到泰塞丁附近有一條砂石路往西延伸，因此留心尋找這條路，卻一直沒看見。他以爲一定是路過沒注意到，所以開進一座農場的入口掉頭，這時卻看見了他想找的砂石路。他看見這條路向西蜿蜒而去，通往遠處的藥弓山脈。

獵人的車將這條路碾成縱向的凹凸軌道，車子行進雖有困難卻還算能走。儘管飄著雪，路面仍然乾燥，他的吉普車駛過時揚起柱狀的冷黃塵，混合著雪花，在空氣裡維持了數分鐘。

＊　＊　＊

父母親見到他時假裝歡迎，卻暗示他壞了好事。這年的甜菜豐收，兩老已經安排好了度假行程，結果兒子卻不請自來，成了程咬金。

「你們想去搭遊輪？那就去啊，」他說。「我幫你們看家，三餐我自己來，趁在這裡借住的期間找一找房子。我的錢夠買日用品，不會用到你們的東西。」

「哎呀，老天，我現在就能想像度完假回家時的樣子——到處是髒盤子、泥巴、灰塵……」母親唉嘆著說。「而且啊，我實在不想去搭遊輪。都是你爸的餿主意。我對冰山才沒興趣。」

但他最後仍說服了父母親。兩老離開後，他欣然成了一家之主，起初還努力打掃房子。他滑入了童年時的靜謐，睡覺時有如湖底石般安穩。

父母離家十天之後，有人趁他泡酒吧時闖空門，搬走了兩台電視機、包括洗碗機的廚房電器、父親的高爾夫球桿、母親的皮草大衣、父親收藏的錢幣。他答應幫母親把皮草收進儲藏冬衣的箱子。他記得出門前建議母親帶大衣過去，以免欣賞冰河時著涼，但她只帶了海綠色的風帽夾克。這件厚夾克以狼皮飾邊，每穿必引牧場人咯咯笑表示稱許。

「這件有拉鏈嘛，」她說。「那件皮草沒有。」

那一夜他喝到很晚，凌晨兩點才回家，蹣跚進門後發現家裡被翻箱倒櫃，很多東西不翼而飛。他打電話報警，但警察認爲他監守自盜，懷疑他將贓物輸送給某個黑道銷贓人處理。後來果汁機與高爾夫球桿出現在凱斯白的一家當鋪，警方才改變看法。

當鋪女老闆看著他的相片搖頭。「拿東西來當的人是個矮冬瓜，皮膚有點黑，不過不是，呃，有色人種。我也說不準啦，大概是墨西哥人吧，也可能是混血的印第安人。有可能是阿拉伯人。」

最後這句話令警方緊張起來。阿拉伯人不但潛伏懷俄明還入侵民宅，警方不得不重視。

後來錢幣與其中一台電視出現在夏延的一家當鋪，警察告訴他，由此可見竊賊往林肯或丹佛逃逸。

警方說，大概是丹佛，因爲竊賊比較適合躲在丹佛。林肯比較適合銀行搶匪藏身。皮草、電鍋、洗碗機以及另一台電視並未尋獲，因此他擔心父母回家後將大發雷霆。

情況如他想像的一樣糟糕，父母又叫罵又指責，他也以火爆的口氣答應賠償損失，父親則搖著頭憤慨地表示「早知道會發生這種鳥事」。

「這裡的人從不闖空門嘛，」他母親說。冰山與遊輪自助餐的回憶全被竊案壓垮。「我就知道不該去搭遊輪，」說著瞄了一下丈夫，語氣帶有一絲耀武揚威。巴帝低下頭去，準備硬著頭子度過這場風暴。

「警察認為小偷可能是伊拉克人，」他撒謊說道。他接著犯了一個錯。他將過失推給父親，責怪父親沒有投保竊盜險。此話一出，父親的怒氣有如火山爆發。吼罵了一小時之後，父親質問他，你連工作都沒有，拿什麼賠償？他一氣之下摔門離開。

他開著車亂逛以冷卻心境，轉入他熟得不能再熟的道路，只求抵達新領域。回老家是一大失策。家裡的狀況比以前還難熬。他再也待不下去了。他想另找住處，找個爛工作，然後一個禮拜寄差不多五十塊錢回家。他心想不如搬去幾乎人去鎮空的地方，比如說蓋勃、烏姆或默納。偏遠又難找。又有一整區的荒郊野路待他探索。他不想接電話線。爸媽想保持距離，就讓他們去保持距離。最後他卻來到萬沙特，這裡盛產甲烷，榮景據信可望媲美三〇與七〇年代的產油盛況。唯一的問題是，他搬家前請老僱主將最後一個月的薪水寄到父母家的住址，也請銀行將存款帳戶的餘額寄去同一地點。他母親答應，等他一通知寄件地址，她會儘快將信件轉寄給他。

萬沙特是個荒涼悽愴的地方，與八十號州際公路僅有一髮之隔，第一條街是帶狀的加油站與便利超商。另有五六條短街如梳齒般附著在這條商店帶，數百間貨櫃屋與幾棟民房簇擁著短街。此外另有一叢貨櫃屋街道延伸至沙漠。他發現整座小鎮是一大片貨櫃屋園地，每棟貨櫃屋前停著小卡車，車牌分別來自德州、奧克拉荷馬州、路易斯安納州、內布拉斯加州、加利福尼亞州，一一顯示隨能源盛景而逐油氣遷徙的遊牧民族。他心想，這才算是眞正的懷俄明——充滿了打拚的窮臨時工，剛毅如鐵釘而躍躍欲試，只往有錢賺的地方鑽。

他前往小鎭外五哩的紅沙漠看一棟獨戶貨櫃屋。廣告上註明月租四十元，「附家具」。但他來到凌亂崎嶇的岩路盡頭，第一眼望去就心覺厭惡——斑駁的褐色表面，門上方以笨拙的手法漆著金剛兩字。來到客廳裡，沙發表層污漬點點，花樣是海葵與碎貝殼；地毯凝結成塊，看得出有人想以吸塵器打掃卻只留下交叉而過的扁平路徑。沙發上方的空間被一個偌大的麋鹿頭標本佔據大半。他心想，掉下來不砸死人才怪。沙發前方有張自製的咖啡桌，四腳呈八字形，桌面擺著兩隻戲耍中的瓷器貓咪，旁邊則是一個金屬菸灰缸，被菸頭燒出了深色的點點印記。

「看吧，馬上可以住，」房東的女兒庫蒂打開牆上的電燈開關說。身材臃腫的她穿著骯髒的運動長褲。她扭開迷你洗手台的水龍頭，滴出一小條黃水。家家酒尺寸的瓦斯爐只冒出一顆小小的藍火。瓦斯爐後面的牆壁覆蓋著參差不齊的鋁箔，失去了原色也皺縮變形。床鋪緊挨瓦斯爐，中間僅以一只沾有食物的木箱隔開。他心想，眞方便，懶得起床時伸手就能炒蛋。

牆壁以紅、白、藍漆成長條形，只略過門口與窗戶。廚房牆壁最上面反覆漆著敬愛上帝數次。一輛低級的健身腳踏車稍微擋住了浴室門，外形酷似附有踏板與迷你把手的熨衣板。他在浴室裡注意到一台小熱水器，只能燒五加侖的熱水。只能洗戰鬥澡了。

出門之前，庫蒂再次提及瓦斯爐。「其他幾個瓦斯爐座壞了，不過要用的話，總不能一次同時用好幾個吧，對不對？」

他想說「不對」卻沒說出口。兩人之間飄浮著一條不願明言的句子：月租四十，又能奢望什麼？「我決定租了，」他說。反正找到工作後，晚上回家倒頭就睡。

當天晚上他躺在睡袋裡，聽見附近有土狼哼唉嗥叫著，但接近凌晨五點時，窗戶開始透著乳白光，他聽見頻率較低的吠叫聲。他猜是鄰居養的狗，然後起床盥洗。羅林斯是最靠近此地的市鎮，有像樣的商店，他有數不清的事情要去羅林斯辦。

轉彎處另有一棟貨櫃屋，顯然有人住，因爲門前停了一輛卡車，衣服在曬衣繩下飛舞。貨櫃屋周遭圍了護城河般的廢棄汽車零件、運馬拖車、油桶、一艘側面出現破洞的玻璃纖維船。一堆圍牆木樁擋住車道一半，車輛經過時必須稍微轉彎，顯示木樁已經擺在原地很久。粉紅莖的鹽生草長得後院喘不過氣。這家人養了幾條狗，他猜天亮前的噪音來源就是這裡。

過了幾天，他在深入沙漠約一哩處又發現了一棟貨櫃屋。某天他徒步過去，路過一輛古董卡車的外殼，卡車附有實心輪胎，車門漆著褪色的J·O·綿羊公司字樣。他依稀聽見遠方有探鑽機械的聲響。

這棟貨櫃屋景色淒涼，歪歪斜斜，因爲屋子從墊在西角的煤渣磚上移了位。所有窗戶都被射破。他走進屋裡，地板吱嘎響而且不牢靠，有隻像老鼠的動物竄進地板附近的洞。沾滿了沙子的破布與一隻小運動鞋放在桌下。沒有椅子。到處是小堆乾草與數以百計的粒狀糞便，羶臭得他打了一個噴嚏。

「馱鼠，」他脫口而出。他打開碗櫥門。進入小臥房後，他看見牆上以圖釘釘了一張泛黃的剪報，日期是一九七三年，報導著幾戶人家向建築奸商買了萬沙特以南的土地。買主之一向記者表示，「擁有了我們自己的牧場，我們美夢成眞了。我們是新時代的拓荒者。」有人以紅蠟筆在這一段下面畫線，線條一直延伸到邊緣空白處，再以同樣的紅蠟筆寫上「爸爸說的」四個字。然而，就在同一篇報導中，鎭民指出「拓荒者」絕對連一個冬天也撐不過，而且在沙漠裡什麼農作物也種不出來。附圖顯示一個年約六歲的女童坐在貨櫃屋的台階上。巴帝睜大眼睛看，認爲很可能是他承租的貨櫃屋。

但他注意的焦點擺在隔壁那棟貨櫃屋。他搬進來的第一個週末鑽進房子底下清理垃圾時，不料手臂被咬到，腫成了電線桿，趕緊前往羅林斯的急診室就醫。醫生認爲可能是被響尾蛇咬了，爲他注射了血清與破傷風，吩咐他休息一星期，不准從事任何活動，也不准再鑽進陰暗的貨櫃屋下方或床鋪底下。他感覺非常不舒服。復元期間，他以觀察鄰居打發時間。

天空放晴時，一個小男孩會拿著塑膠槍在車道上玩槍戰，一個女人穿著長條花紋的襯衫（每天同一件）坐在台階上抽菸。有個嬰兒在泥土裡爬行。風吹動了女人的橙色長髮。她看起來有點眼熟。對他而言，所有臉孔平庸的胖女人長相都差不多，原因或許是他母親同屬這一型。他為這女人取的綽號是「胖妻」。週一至週五，院子直到晚上才有車輛停放。每天晨曦未亮之前，他會被隆隆的柴油引擎聲吵醒。這位鄰居（巴帝為他取了「老爸」的綽號）的工時很長，不知道在哪裡高就。每逢週末，有人會開著一輛年代久遠的Power Wagon小卡車前來。這男人身型高大，蓄著大鬍子，穿的是鬆垮的牛仔褲，上身是一件有流蘇的鹿皮襯衫，頭上一頂破帽子，遁入貨櫃屋後一待就是數小時。這人（巴帝為他取的綽號是「大塊頭」）看似以弓箭狩獵維生的獵戶，因為有時候「老爸」下午會出來陪大塊頭射箭，標靶是綁著塑膠鹿頭的一捲乾草。「老爸」的長相越看越眼熟，但他絞盡腦汁也想不出在哪裡見過。他猜大塊頭是老爸的好友，說不定是姊夫。弓箭賽後老爸會點燃烤肉架，大塊頭會動手烤東西。巴帝看得見他以獵刀翻肉。

這樣倒也相安無事，直到鄰居的狗開始過來閒晃。他在吉普車上擺了一整袋的垃圾，準備下次進市區時丟棄垃圾桶，某天早上卻發現有條狗叼著發霉的吐司從車上躍下，心情為之一沉。垃圾、咖啡渣滓、培根殘油、塑膠袋撒得滿車都是，他花了半天才清理乾淨。忙完後，他走向鄰居的貨櫃屋。

老爸以三合板搭成三層台階通往門口，佐以一道扶手。緊臨門口邊的是一個廢木搭建的單坡屋頂小屋，中央屋柱上架了一個籃框，地面上排出一箱箱汽車零件。

開門的是胖妻。撲鼻而來的是香菸味。

「什麼事？」她邊說邊點菸。

「嗨。我是你們的鄰居，名叫巴帝・米勒。呃——我對你們養的幾條狗有意見。其中一條。棕色的那條。」兩黑一棕的三條狗全數品種不明。

「巴帝・米勒！我就說嘛。我就跟我老公銳司說嘛，你長得怪眼熟的。」

他凝視著她。蓬鬆的紅髮露出深色的髮根，長髮如潮濕的酒椰繩散落雙肩，較細的髮絲被她身上的骯髒風帽夾克的羊毛布料鉤住。她臉上泛著油光，一眼看去像是金屬光澤。他看得見她身後有張褐色椅子，地板滿是零亂的衣物與玩具。

「我是雪麗啦。中學的時候叫雪麗・拜斯。跟銳司・華姆[2]結婚後改叫雪麗・華姆。」

他這才慢慢回憶起往事。銳司・華姆是中學時的小惡霸，高一時輟學，在學期間個性乖戾，具有反社會人格。雪麗・拜斯身材臃腫，缺乏自信，因而放浪形骸，成爲男生輕易釣上手的蕩妹。她在銳司輟學前後跟著不見人影。

「進來嘛，喝杯咖啡再說。」她的鼻梁長了一道公路似的青春痘，正在化膿。她左踢右踹，清出了一條通道。他心不甘情不願地走進去。屋子裡瀰漫著菸味、垃圾與糞便味。電視的畫質不穩。

「妳搬來這裡做什麼？」他問。他小口小口地呼吸。

「銳司現在幫哈利伯頓[3]做事。他以前在鑽油廠上班，結果油井結冰了，發生大爆炸，他受了一點傷，被轟得腦振盪。去年的事了。我禮拜五在學校自助餐廳上班。」

從她的口氣，巴帝聽出她自認自助餐廳的工作算是一番事業。

「芭貝特現在念二年級。那邊那個是維農克倫斯——」她指向一個眼神呆滯的男童，年約四、五歲，手裡拿著一盒糖玉米粒。「那個是老么小萊。」穿著尿褲的嬰兒朝他們爬過來，手指黏著衣服的毛球，手上抓著一輛紅色小跑車，巴帝認出是英國名車Aston Martin。老么抓著巴帝的膝蓋往上爬，以玩具戳向他。

「側！」嬰兒說。

「對，好車一輛，」巴帝說。他看得見客廳旁的房間裡有張床，上面堆積著髒污的毛毯。

「側！」

雪麗以平底鍋溫一溫冷掉的咖啡，然後將刺鼻的咖啡倒入印有**GO POKES**[4]的馬克杯。她把其中一杯端向他桌前，沒有問他想加奶精或砂糖，自己在桌前坐下，吹著咖啡。

「老四的預產期是十二月，就在耶誕節的前一個禮拜。生日那麼接近耶誕節，小孩子一定覺得倒楣。可是，誰在炒飯的時候想那麼多咧。」她講話時有噴沫的習慣。

老么聚精會神注視著巴帝，面帶凶色，彷彿即將道出前所未知的重大科學發現，臉色發紅，額頭的血管暴凸，悶哼一陣，噗啦一聲漲滿了尿布。

雪麗在廚房桌上替他換尿布，距離巴帝的咖啡杯不到十八吋，巴帝則轉移視線，儘量別看見雪麗擦拭小萊糊成一片的臀部與下體。地板上有幾根羽毛凝結成團。幾團被踩扁的口香糖形同分布在土色海洋中的群島，漂浮海面的是爆米花、線頭、紙屑、被壓扁的麥當勞紙杯和糖果紙。客廳牆上型的電暖爐上有三只咖啡杯、兩罐啤酒、幾個菸蒂爆滿的菸灰缸、一個塑膠的小狐狸，以及一瓶琥珀色的塑膠處方藥罐。他看得見罐子裡有深色的膠囊。

突然噗通一聲，雪麗將飽滿的尿布扔進無蓋的垃圾桶，而桶子裡早已洋溢著香蕉皮、咖啡渣和史前尿布。

老二維農克倫斯挨著沙發往電暖爐走去，小手抓起啤酒罐猛搖，然後丟向地板，再抓來另一罐搖搖看。這罐嘩嘩響起，正合他意。他喝下殘餘的溫啤酒，黃湯順著下巴往下流，弄濕了他的睡衣。巴帝考慮向雪麗通報小孩喝啤酒的事，卻又作罷。剛喝完的啤酒罐滾向沙發底下。

雪麗忽然站起來，往碗櫥櫃俯衝而去，伸手抓來一個包裝盒，在刻痕處處的碟子上搖出幾個鮮粉紅色的小蛋糕，一個個沾有椰子屑。

「快呀！拿一個去吃！」她直往巴帝臉前遞出碟子，動作有如拿著玩具車的小萊。

他取走一個蛋糕，椰屑如釘書針插入指甲底下。他把蛋糕放在桌上，被小萊一把抓走。小萊咕噥著「側！」一面大口咬下。維農克倫斯在客廳另一邊開始嚎啕大哭，理直氣壯地指著一臉粉紅的小萊。

「給你！接住！」雪麗大喊，朝維農克倫斯丟出小蛋糕，可惜擊中咖啡桌上的菸灰缸，噴出一桌菸蒂菸灰。

「我該走了，」巴帝邊說邊起身。「我只想過來提一下狗的事。順便自我介紹一下。」

「哇，我好高興，」雪麗說。「念書的時候，我一直好暗戀你咧。所有女生都覺得你好帥。要是我跟銳司說你是我們的新鄰居，他不昏倒才怪咧。」她從桌上一包香菸裡彈出一根。

「幫我向他問好，」巴帝說著想開門拴卻不太打得開，因爲門上加裝了奇怪的設計，以防兒童擅自開門。他後退出門前再瞄一下客廳。愛乾淨的維農克倫斯正從小蛋糕上挑出一個菸屁股。與華姆家相形之下，巴帝的貨櫃屋如同舒適的避風港。巴帝一回家後急忙整理床鋪，洗淨待洗的餐盤，以免淪落成華姆家那種地步。

星期六這天的氣溫反常地偏高，他病了一星期後總算舒服多了，因此進市區購買日用品——巧克力棒、豬排、冷凍薯條、冷凍威化餅、兩片水果餡餅，不買蔬菜。他在酒品店購買一瓶波本。回家路過華姆家的貨櫃屋時，他看見一家大小全在屋外，靠在大塊頭的卡車後面。他的卡車露出幾條僵硬的獸腿，意味著此行大有斬獲。老爸——該改口稱呼他銳司·華姆了——正揮舞著血淋淋的刀子。卡車的駕駛艙上擺了兩箱六罐裝的啤酒。雪麗拿著刀向巴帝揮手，巴帝也揮手回禮。

他回家後放好日用品，吃了一片餡餅，一面但願冰箱冷藏室能大一點。他買來一份報紙，泡好一杯咖啡後坐下來閱讀徵才廣告。卡車司機、重機操作員、汽車旅館職員、屋骨架木工——適合他的工作少之又少。他正開始閱讀油田的徵才廣告，這時聽見有人敲門。

「進來，」他說，心知來人一定是華姆家其中一員。來人是七歲的小胖妹芭貝特，狐狸色的眼珠顯得狡猾，淡棕色的頭髮紮成馬尾。她穿著粉紅襯衫與牛仔褲，上面沾了一些血跡。

「爸爸叫你過來吃烤肉。葛瑞格伯伯射中了幾頭羚羊，我們準備烤來吃。媽媽用番茄醬和砂糖正在做烤肉醬。爸爸叫你別帶啤酒過來，因爲他啤酒多的是。」說完也不等巴帝回應，轉身就跑。

「好，」巴帝對著門口說。但他不願空手登門。他點燃小瓦斯爐，熱一熱冷凍薯條，將波本放進夾克口袋裡。

他過去時，成人已經喝得半醉，他認爲小維農克倫斯也醉得差不多，因爲他拿著啤酒罐邊吸邊走，跌跌撞撞。這一次巴帝忍不住向雪麗提起，她卻只是大笑。

「喔，銳司說隨他去喝吧。他說如果小孩從小練習，長大以後酒品比較不會變壞。他還說，長大後學喝酒的人才會變成酒鬼。」

巴帝暗暗驚奇。他與銳司的年齡相當，銳司卻已經兒女成群，其中一個還沒上幼稚園就已經染上酒癮。

銳司駝著背走過來，伸出一隻凝有血跡的手。子彈形的光頭、粗大的脖子、大塊隆起的肌肉，模樣與當年無異。銳司的臉上有疤痕，手臂上的刺青包括帶刺鐵絲網、露出毒牙的蛇、狂吐紅子彈的AK—47步槍。他微笑時亮出缺角的黃牙。

「你混得怎樣？媽的，怎麼淪落到這種鳥地方？這個混帳是我朋友葛瑞格，姓戴須勒，號稱戴須勒山人。他不是蓋的，睡覺睡地上，跟著腳印找獅子，專煮牛仔咖啡。」

葛瑞格．戴須勒怒視著巴帝。「操他的狗屁，」他說，剛才的怒容只帶玩笑性質。他的臉上痘疤嚴重，灰黃的皮膚宛如被山洪沖刷出的沙地。葛瑞格散發出自信的神態，巴帝看得順眼。凡事逃不過葛瑞格敏銳晶亮的眼珠。他暢飲一口波本後開始告訴巴帝眞相。

「大家都告訴我啊，我晚生了一百年。其實晚了一百五十年比較對。人家都說，早生幾年的話，我很適合當山人。我屬於退化品種，以退化品種爲榮。我靠頭腦過日子，設陷阱、打獵、自己蓋間小屋、不用電、從小溪打水喝。一輩子都這樣做。設陷阱、打獵、自己蓋棟小屋。我和古時候的山人只有一點不一樣，我才不娶印第安婆娘。其實我一直在找，可惡的是，怎麼找也不對味，全都太文明了，和所有人一樣，非買克異香和香水不行，非穿得美美的不行，一個禮拜非去看美髮師六次不行。那些娘們啊，我一個也不想碰。我有個朋友屬於北方夏安族，他自己做藝術品賣給觀光客，需要老鷹的羽毛和獸皮就跟我買。聽人家說這樣不合法。來抓我啊。我從來沒買過狩獵許可證。漁獵部腦子很精，懂得別來惹我。他們跟我保持很大的距離。」他一句接一句，嗓音忽高忽低，有如小船環湖時船身外的馬達噗噗響個不停。

「後來有一天，我問這個夏安族的朋友說，『你有姊姊妹妹嗎？』天啊，他一聽馬上變臉，火氣大得很，一直到現在還在氣這件事。我不過是簡單問了個問題，又不是叫他吸我老二。我從沒繳過一毛稅。我才不鳥美國政府，漁獵部也一樣。好漢克勞德・達勒斯[5]的想法最正點。敢過來我營地亂逛，舉槍就射。我才不繳稅，用不著什麼臭退休金或社會保險金或狗屁醫療健保。頭髮自己理，從小就沒刮過鬍子，不過鬍鬚長了還是常修剪。有些人在樹林裡住久了，鬍子留了一大把，我看了覺得礙眼。而且常被柳樹枝鉤到。上一次選州長的時候我參選過。」

他長長噓了一口氣，周圍頓時彌漫著燃燒輪胎的臭味。巴帝納悶的是，這個崇拜達勒斯的傢伙到底吃了什麼，難道生吞了臭鼬？葛瑞格似乎沒注意到，只是伸出長繭的手接下波本酒瓶。

「這才是好料。我自己釀過酒，也自製過各種威士忌，就是沒本事做出這種口感。釀酒非用上等的威士忌酒桶不可，可惜我只有醃黃瓜用的舊桶子。我只跟文明做這個讓步——酒。酒難釀啊，花再多錢買也値得。」

巴帝向沾滿泥巴的Power Wagon小卡車看了一眼，瞧見後車窗裡有一把步槍，也看見他戴了一只不鏽鋼腕錶。他心想葛瑞格山人對文明多讓了好幾步。他接著暫時告退，因爲他想把薯條端進房裡給雪麗。

* * *

進入貨櫃屋後，他看見雪麗正在調製烤肉醬。她將一大瓶番茄醬倒進大碗裡，加入紅糖與辣霸醬攪拌。

「我眞正需要的是啊，」她說，「威士忌。大概加一匙威士忌，味道才會眞正順口。不過啊，告訴你，加止咳糖漿的效果也差不多。」她在碗櫥裡翻找出一小瓶，倒入紅紅的醬汁裡。

「然後再加一點鹽。好了。」她將大塊羚羊肉放入碗裡，以報紙覆蓋。

「浸個差不多半小時，然後葛瑞格就能開始烤肉。每次他來的時候都由他下廚，別人休想跟他搶。只要有人想吃肉，他就烤給大家吃。他是個大好人。」她點了一根菸，從冰箱取出兩罐啤酒，遞給他一罐。「我們出去開心吧，」她邊說邊套上一大件綠毛衣。

雪麗與葛瑞格聊個不停，近似打情罵俏，葛瑞格說明著他若再競選州長將提出什麼政見。「首先我要把狼宣布成懷俄明州的代表動物，把狼放在車牌上，去掉那條亂踢的王八野馬。人家說引進懷俄明的加拿大大灰狼不是土生狼。」

銳司扯開嗓門插嘴。「要是州長輪我做做看，」他說，「我就開放黃石公園給大家盡情打獵，野獸全打完了，再引進石油公司和採礦公司。情況會變得像以前阿拉斯加一樣，你願意搬來住，就賞你兩三千塊。」他開口轟然狂笑一聲，接著沉默下來。他的眼珠四處流轉，心情不定。

葛瑞格繼續說，「對了，聽人說，土生狼就是落磯山狼，體型比加拿大的灰狼小，比土狼稍微大一點點，以前沒有集體出沒的習慣。獨來獨往。全是屁話。其實是同一種狼嘛。這個州的人大家都能對狼發表意見，可惜多半是胡扯。」

「浪！」小萊邊說邊拿著奶瓶將奶嘴抹在泥土裡。

「不過，下輩子投胎的話我想變成加拿大—懷俄明大灰狼。每次一看到狼，我就覺得看見自己的分身。嗷嗚嗚嗚！」

「嗷嗷嗷，」小萊輕聲叫。

銳司坐在野餐桌前，不耐煩地抖著腳。巴帝沒話找話聊，問了他現在工作如何，他只是悶哼一聲。過了約莫十分鐘，他忽然對葛瑞格大吼：「媽的，你什麼時候才想烤肉？」小維農克倫斯坐在台階上，含著玩具左輪的槍口，被吼聲嚇了一跳，哇哇哭了起來。銳司轉向兒子發飆。

「給我閉上狗嘴，再哭就要你死，」他破口大罵。

「銳司寶貝，別生氣嘛，」葛瑞格說著起身前去烤肉架，查看煤炭是否夠熱。他改以較柔和的嗓音說，「別惹毛了山人，不然你就倒大楣。老山人維農克倫斯會把你纏成麻花捲喲。」他朝著醉酒哭鬧的維農克倫斯眨眨眼。

「別哭這麼大聲嘛，」葛瑞格對他說。「野狼會過來吃掉你喲。野狼專吃愛哭的男生，喀嚓喀嚓咬斷骨頭吞下去。」維農克倫斯哭得更響亮。

「我去端肉出來，」雪麗說。她奔上台階進貨櫃屋，一面拉著維農克倫斯進門。

「我這人做的事情啊，」葛瑞格對巴帝說，彷彿一切平安無事，「一向只做我想做的事。別人休想逼我做事，我也不想領勳章。不管做什麼事，操，我從來沒聽過誰誇獎過我一聲，我也不在乎。我的個性就是這樣，情況就是這樣。我載來了兩頭不錯的叉角羚，負責烤肉，待會兒準備好了以後再由我泡咖啡。雪麗啊，就算給她一百塊叫她好好泡一杯，她也泡不出來。交給我就行了。不管你做什麼事，不管你幫了誰的忙，別人老是把你踩在腳底下，一逮到機會就在你身上擦靴子。可惜他們影響不到我。我跟狗屎人相處慣了。去他的，我甚至喜歡跟這種人相處。」

「可惡，」銳司大喊，「像條狗賣命了一整個禮拜，週末卻還得坐在這裡挨餓？還得聽人亂扯狼的事？媽的，我的菸哪裡去了？雪麗！」

「什麼！」她從屋裡喊叫。

「妳拿了我的菸嗎？順便把肉端出來給葛瑞格烤啦！」巴帝看到野餐桌底下有包香菸，拾起後交給銳司。

「他媽的，你拿我的菸幹什麼？」

「我在桌子下面撿到的。」

「是嗎？撿到才怪。」

銳司的臉皮皺縮成畸形的南瓜。雪麗端著裝有生羊肉與烤肉醬的大碗，開門後慢慢走出來，以免被彈回原位的門打中腳跟。下了台階一半，她的毛衣袖子被突出的鐵釘鉤到，輕輕一扯卻讓她重心不穩，大碗因此落地，砸中了台階最下一層，破成了幾大片，烤肉醬也應聲潑灑出來，羊肉則掉進台階下的沙地上。

「他媽的可惡老貨櫃屋！」她哀嚎著。「我一弄到錢，馬上去別的地方買棟真正的房子，才不想再住這種沙漠裡的爛貨櫃屋。」她轉身踹門，然後坐在最上一層台階哭了起來，以胖手遮臉。涕淚縱橫的維農克倫斯出現在她背後，也跟著再嚎啕大哭一場。

破碗的最大一片幾乎是半個碗，葛瑞格撿起這片後開始將沾了泥沙的羊肉疊入。

「可惡，」他說，「沒啥大不了。雪麗，別再哭了，拿點啤酒沖一沖不就得了，也可以增加一點風味嘛。把羊排放上烤肉架，烤一烤就沒事了，絕對吃不出掉過地上的味道。哪天妳跟我一起去打獵，妳就知道我習慣拿刀當場割肉，弄得全是沙子、樹葉、獸毛，結果烤成晚餐後全吃不出怪味。沒關係啦。古時候的山人都知道。再怎麼說，《聖經》不是寫了『人一定要吃過至少一顆泥沙，死時才能瞑目』？」他甩一甩其中一塊羊肉，然後放入破碗。「好了，維農克倫斯，我不是說過，狼專吃愛哭鬼，還記得吧？你聲音最好放小一點，別被狼聽見了。他們一抓到愛哭鬼，會像薄荷棒一樣幾口吞個精光。他們一聽就知道你在哪裡，要抓你很容易。」

雪麗指著銳司。「對我來說關係可大了。這房子是我住過最爛的一棟。」她瞪得丈夫火大。

「最爛的一棟？妳小時候住的那棟破房子呢？憑妳一個禮拜一天去學校自助餐廳發熱狗的薪水，我倒想看看妳怎麼存錢去市區買房子。別以爲日子不好過，告訴妳，我已經盡了最大能力了。我十七歲起就開始做工，只想養活這個家。妳愛東挑西嫌，可是妳有沒有想過，我也想做一做其他行業。我以前想當中學教練，可惜沒念過大學的人沒分，只好做工賺錢，吃了這麼多年的苦，才住得起這棟妳瞧不起的該死貨櫃屋，才養得活這一群小鬼，妳卻搞不清楚狀況，不知道有甜頭就有苦頭。妳難道沒注意到，換成了別的男人，妳大概老早就被甩掉了，看妳肥成那種貨色，肚子老是大個不停。」

「不喜歡小孩的話，你就不應該生那麼多，偶爾用個套子，你就能存幾個錢──就不必養一堆小孩。」

「妳呢？怎麼不吃藥？給妳的家用費全拿去買亂七八糟的雜誌，怎麼不買避孕藥？還敢拿生小孩的事找我出氣。」

此時巴帝決定回家，因此向葛瑞格告辭。銳司聽見後氣呼呼地轉身。

「你到底來這裡搞什麼鬼？過來免費吃晚餐嗎？」他冷笑著。「吃沾沙的晚餐？過來亂搞我娶回家的胖母狗？過來抱怨我家的狗？誰叫你把垃圾隨便放在車上，被狗咬爛了活該。敢過來發牢騷，應該打昏你才對。回去穿拳擊裝，再過來看老子怎麼教訓你。」

「不是你主動邀我過來的嗎？算了，我走就是了。」他轉身開始走回自己的貨櫃屋，卻聽見有腳步聲跟了過來。是葛瑞格。

「喂，巴帝，別生氣嘛，我正要烤羊排，保證烤得香噴噴。用啤酒沖一沖就好了嘛。」

他停下腳步，望著自詡爲山人的葛瑞格。「跟羊排沒關係啦。我已經沒胃口了。改天銳司不想打架的時候再說吧。」

「去他的，銳司偶爾鬧鬧脾氣而已，過個十分鐘，心情變好了，照樣有說有笑，摟摟老婆。他只是喜歡幹架一場——提振一下食慾嘛。」

「有些架我可打不起。我大概十年前跟銳司打過一架。」

十四歲大的巴帝因常做苦工，鍛鍊得還算身強力壯，但銳司已經出落一身成年男人的體魄，肩膀鼓起大團肌肉，手臂粗硬，雙手壯如鑿石匠。兩人原本只是互推一把，後來卻演變爲全武行，哼哼呀呀地互勒，最後銳司抓起巴帝的臉連續撞擊水泥人行道。當晚父親看了一眼巴帝殘破的五官，立刻帶他去看史崔凌醫生，經診斷後發現他斷了鼻梁，頰骨出現裂痕，雙手也有多處骨折。父親本想報警處理，巴帝卻以濃厚的鼻音懇求制止，因爲他知道報警只會招惹銳司另一陣毒打。

葛瑞格仍走在他身邊。「我不曉得你們認識這麼久了。」

「我們小學就念同一間。」巴帝不願再提往年與銳司的過節。

遠處傳來一聲嗥叫，緊接著另一方向又傳來一聲。葛瑞格抓住巴帝的袖子，呼吸沉重起來。巴帝嗅到波本、啤酒、蛀牙。黃昏將他的臉色照得金黃。

「聽見了沒？」葛瑞格說。「老兄，剛才是狼在叫。而且距離不算太遠。沒想到牠們敢靠這麼近。我一聽就知道，絕對錯不了。野狼已經來到紅沙漠，鎖定了萬沙特。我們剛聽到的聲音就是活生生的證明。」

巴帝存疑。

巴帝回貨櫃屋後，發現自己竟把那瓶寶貴的波本留在華姆家的野餐桌上。他此刻最想做的莫過於喝個爛醉，一頭倒在床上不省人事。他邊咒罵邊決定開車進市區再買一瓶。華姆家已經烤起肉來，升起了滾滾白煙，他不願意經過，因而決定繞遠路穿越沙漠，繞過駄鼠貨櫃屋前進市區。他計畫走那條新開的甲烷路。這條新路直線匯入郡道。他盤算著大約必須越野三哩才可抵達甲烷路。這一段可能難走，但他全身亢奮，樂於接受挑戰。天色仍未全暗，該看見的東西全逃不過他兩眼。

即使在大白天，行駛不熟悉的沙漠仍屬於危險行徑，現在天色漸暗，他可能會遇上麻煩。吉普車後面已有鏈條、鏟子、幾條木板、一把帶鉤捲揚器，以及各種工具，包括他那把點30－06步槍。他將厚夾克扔上車，也帶了一加侖的水和剩下的那片餡餅，再把一包豬排放在後座。手套箱裡備有蠟燭與火柴。就算受困沙漠裡，他也不會出事。即使進退不得，他乾脆就在沙漠裡借酒澆愁。

過了荒廢的駄鼠貨櫃屋幾百碼，他訝然發現微乎其微的道路痕跡，是窄距輪車輛經常往返的路線。他心想這可能是越原古道的一部分，或者是古道的眾多岔路之一。此時天色幾近全暗，但他的車頭燈照出幽靈似的輪痕，而輪痕的方向與他行進的方向一致。然而循線行駛了半哩，若有似無的軌跡消失在雜草叢生的深谷，他只好掉頭往北，尋找平地。等到他脫離乾谷，夜色已經籠罩大地，他已可以見到一百碼外甲烷路上的卡車燈。十分鐘後他已置身萬沙特。

他路過華姆家時貨櫃屋內已無燈光，但他卻看見了葛瑞格的小卡車。他登上自家的台階，張口打了一個大大的哈欠，打開房門，立時察覺狀況不對。他先是嗅到微微一絲氣息，接著聽見兒童低聲抽泣。他扭開電燈。維農克倫斯躺在沙發一頭，另一頭則有毛毯蓋住東西，他猜是小萊。有人從他床上取來毛毯，裹著席地而睡。他看出是雪麗與芭貝特。

「雪麗？搞什麼鬼？」他說。

雪麗坐起來，紅髮的一側被睡塌了。

「是銳司啦。他喝得大醉，對我好凶。他有時候會這樣。他打了維農克倫斯一頓，好像打斷了他的小手臂。所以葛瑞格叫我們過來這裡等你，他負責安撫銳司。我從你床上拿毛毯過來蓋，現在可以還你了。」

「天啊，」巴帝邊說邊找張椅子坐下。他看看手錶。十一點四十五。再過好幾個小時才天亮。「妳帶維農克倫斯去羅林斯的急診室吧。不帶他去給醫生看一下？」

「有必要嗎？他現在睡得好好的，不過剛才一直哭，不讓我碰他的手臂。從他握著手臂的樣子來看，那條手臂的確看起來怪怪的。他只是一直哭，哭到睡著。」

彷彿為了證實母親的說法，維農克倫斯再次嗚咽一聲，轉頭避開燈光。巴帝看著他，發現他的鼻子腫起來，上唇凝有血跡。因為他蓋著巴帝的夾克，巴帝看不見他的手臂。這棟貨櫃屋裡很冷，雪麗找到能蓋的東西就拿來當被子蓋。他慢慢掀開夾克，維農克倫斯醒過來後哭叫。他的左下臂似乎多了一個手肘。

「別再等了，」他說。「狀況不對。我開車載你們去羅林斯，醫生照顧他時，我再去幫你們訂汽車旅館。他受了傷，你們不適合再待在這裡。銳司走幾步路就能過來再發飆一頓。我敢打賭，葛瑞格一離開，銳司絕對會再來。走吧，雪麗，我們走，帶小孩去看醫生。」他現在希望自己有支手機。

前往醫院的這一趟簡直像噩夢，三個小孩一同哭鬧，雪麗的香菸一根接一根，他則因波本與疲勞而頭痛。芭貝特坐在濕冷的豬排上，坐得忍不住跟著弟弟哭。

來到醫院後，維農克倫斯被送進一個以簾布圍起的小隔間，由一位外國長相的高大護士檢查。他聽見雪麗告訴護士，維農克倫斯從貨櫃屋台階上摔下來跌斷手臂。急診室裡忙碌萬分，每個小隔間都是病人，大家忙進忙出，地方警察與州警靠在病床前。他得知八十號州際公路發生重大車禍。雪麗走出隔間，在擁擠的候診室找空位坐下，頭上是無情的強光，四週是禁止吸菸的警語。他去尋找能容納華姆家母子四人的汽車旅館房間。

來到第一間汽車旅館時，他獲知了車禍的細節。有輛貨運大卡車在羅林斯以東打摺[6]引發連環大車禍，導致三十多輛車追撞。警方已經封閉了公路，全羅林斯的汽車旅館也已經客滿。苦無投宿之處，大家只好敲敲民宅的門請求借住。看來他只能帶雪麗與兒女回自己的貨櫃屋。他惹上了大麻煩。他下定決心，只要一脫身，立刻遷居阿拉斯加。

回到醫院後，他找到站在門外吞雲吐霧的雪麗。

「醫生還沒檢查夠。聽說州際公路發生什麼車禍，所以什麼事都拖很久。很多受傷的人都被送來這裡。小萊在那張像沙發的東西上睡著了，芭貝特也一樣。可能要再等一段時間。」

「我也有壞消息。因爲發生大車禍，羅林斯的汽車旅館家家爆滿了，所以我大概只好帶你們回我家。妳最好先考慮一下明天怎麼辦。如果這附近有婦女收容所，我可以帶妳過去。」

「哎，沒必要啦。明天早上銳司就沒事了。他有時候喝了酒會發發脾氣，不過包在葛瑞格身上，葛瑞格會勸他消消火，明天早上他會變得乖乖的，又後悔又溫柔。」

「雪麗，妳想怎麼辦，我可管不著，不過你得替小孩子著想。他眞的有可能打傷小孩。去他的，小孩子可能連小命都不保。他也可能打死妳。他力氣很大，再加上喝醉酒，危險得很。」

「我對銳司很瞭解，至少比你清楚他的個性吧。別理他啦。這種事以前也發生過。而且葛瑞格管得動他。銳司大概現在已經被他勸得消火了。」

「天啊，」他說。「照妳這麼說，妳難道要我送妳回妳家？」他的頭一輩子未曾如此痛過，而頭疼的原因並非全是波本在作祟。

一位護士的助理走出門口說，「華姆太太？醫生想跟妳講幾句話。」

「我在這裡等妳，」巴帝說。雪麗扔掉香菸入內。

穿著大毛衣的雪麗摟胸走出來。

「院方要他留院觀察。他們要寫一份報告說他疑似受虐兒。警察正要去抓銳司做筆錄。我不得不告訴醫生他打過維農克倫斯。醫生不相信他從台階上摔下來。銳司肯定會發飆到直跳腳。所以我今天晚上不能回去了。」

「警察什麼時候去抓他？」

「大概會馬上過去吧。不然就是等到早上。目前事情太忙了。」

他看看手錶，時間已過一點，回到他家時必定接近三點。看樣子他是躲不掉了。

華姆家的院子只停了銳司與葛瑞格的車。

他們將小萊與芭貝特抱上沙發。他把床鋪讓給雪麗睡，自己裹著睡袋睡在門邊，一閉上眼，幾分鐘便沉沉入睡。他夢到他常去買醉的那家餐飲店的女服務生，夢到萬花筒似的旋轉警車燈將她映照得萬紫千紅，也夢見她撫弄著他的陰莖，塗了蔻丹的指甲輕觸陰毛，他這才發現觸感眞切，而且嗅得到雪麗混雜了焦肉、嬰兒大便與汗臭的氣息。她將巴帝拉到身上。他拚命想制止，也奮力制止過，無奈他已經憋了太久，方才的夢境撩人慾火，不聽使喚的身體只好追求特獎。

從門下縫隙鑽入的強風與些許聲響喚醒了他。他被凍得四肢僵硬，臉緊貼著門板，一時之間認不出身在何處，翻身後看見芭貝特才恍然大悟。芭貝特坐在沙發上盯著他看。他坐起身來，昨夜可怕的情景湧上心頭，宛如難以消化的大塊食物。

「媽媽找不到糖泡芙，」她說。

「我家沒有糖泡芙，」他以沙啞的嗓音說。他感覺暈眩。

「媽媽，他沒有糖泡芙啦！」盛怒的芭貝特大喊，同時猛踢沙發，驚醒了小萊。小萊哭了起來。

他這時才看見雪麗，正在撥弄著她不熟悉操作方式的咖啡機。他站起來，內褲沾有污漬而鬆垮，而且質地類似透明保鮮膜，因此感到難爲情，趕緊從地上抓來牛仔褲與襯衫走進浴室。他走過雪麗身邊時叫她別動手，待會兒由他自己來泡咖啡。

他不常在這裡洗澡，但這時他非滌清昨晚的夢魘不可。熱水噗噗灑下一小道，令他心懷感激，隨後變爲冷水，淋得他直打哆嗦，他也不以爲意。他就地排尿。

著裝後，他直接走向咖啡機。雪麗坐在桌前抽菸，喝著她在冰箱找出來的汽水。

他望向小窗外。東邊天空有一團靛藍色加鮭魚肉色的亂雲。凋零的一枝黃花在勁風中甩動，一抹色彩顯示旭日即將自天際升起。沒有跡象顯示警察即將找上銳司。葛瑞格的老爺小卡車仍停放在原地。疾風開始射來幾片雪花。咖啡機停止咕嚕，他爲自己倒一杯又濃又黑的咖啡，然後倒一杯給雪麗。他想叫她快走。

「謝謝了，帥哥，」她說得做作而甜美，巴帝解讀後認定她自以爲成了他的心上人。

「雪麗，」他說，「說眞的，忘掉昨晚的事吧。我們做了不該做的事。老實講，妳其實強暴了我。

妳越早走越好。」

她噘了一分鐘的嘴，然後說，「可是，我們不去接維農克倫斯不行啊。醫生說九點以後就可以去接他了。」

「是嗎？那樣的話，我建議妳開銳司的車自己去羅林斯接小孩。我再怎麼看也看不到警車過來。」

雪麗咻咻吸吮咖啡，從眼瞼下打量著他。「沒那回事啦，我只是隨口說說而已。我昨晚知道你想跟我做那件事，我也想做，所以就拿來當藉口。」

「可是，妳不是說醫生不相信維農克倫斯跌下台階的說法？」

「怎麼不信？醫生只是說他必須過夜觀察，叫我們早上再過去接他。」

「雪麗，我跟妳聲明一件事。我並不想跟妳做那件事。是妳逼我做的。」但他心底明白一點，當時他多少也積極參與，動機是想對銳司報復。

「騙誰呀，」她說著對他一笑，嚇慘了他。

他開始猜雪麗可能看上了他，希望找他來替代銳司。他真的感覺後頸的毛髮直豎起來。

「人家想吃糖泡芙嘛，」芭貝特哼哼唉唉說。

「要吃乾脆回家去拿啊，」他語帶怒意。

「可以嗎，媽媽？」

「當然。回去拿吧。」

芭貝特外出後砰然關上門，但門卻彈開來，開始隨風搖擺碰撞門框。他站起來關好，再爲自己倒一杯咖啡。他看見窗外的芭貝特蹦跳上自家台階，這時葛瑞格正好走出門口，一面搔抓著下體。芭貝特走進家門後，葛瑞格朝地上撒尿，轉身後走回貨櫃屋。接著步出屋門的是銳司，顯然他被尿布臭味沖天的臥房燻得出來呼吸新鮮空氣。

「他們起床了。妳最好還是回去吧，家和萬事興。」

她靠向後靠在椅背上，朝天花板噴出一串煙。「我被你上過了，他知道了可會不爽。」

「不爽的人不只他一個，」巴帝說。「更何況，妳不會笨到跟他提那種事。他的脾氣不好，妳自己最清楚。想想看兒子被打斷了手。下一次遭殃的人可能就是妳。妳八成躲不掉。」他多想把家當全扔進吉普車直奔阿拉斯加。問題是母親尚未將他的支票轉寄過來，而支票總額多達幾千元，他目前口袋只剩不到五十，信用卡也接近刷爆。他進退維谷。今天是星期日，但他仍想開車進市區打電話問母親支票延誤的原因。首先，他必須趕走雪麗，叫她回去找銳司和解。

「呃，妳趕快回家吧。妳挑上了他，他是妳丈夫，也是妳小孩的父親，回去補破網吧，去跟華姆先生和好。如果妳還有頭腦的話，昨晚發生的事情一個字也別講出去。要是他膽敢過來找麻煩，我有一把點30－06步槍等著伺候他。妳去跟他講清楚這點。另外，妳也好好待在家裡，別到處亂搞。昨天晚上發生的事是天大的錯，以後絕對不會再發生。妳兒子受傷了，我只是想幫忙，不過只能幫到這裡爲止。我不想再跟妳有任何瓜葛。」

她以鼻子哼出一口氣。「你還眞是不瞭解銳司的脾氣。我打賭他會宰了你。你又不常玩步槍，才唬不住他咧。」

巴帝心知此言有理，因此更加火冒三丈。「滾出去。快滾。滾出去。」

她站起來，留下仍滿的咖啡杯，然後說出華姆家的終極反駁語。「幹。」

她將小萊夾在腋下，刻意將尿濕的毛毯用力甩在地上，離開後以靈巧的腳踢門關上。她一走過轉角，巴帝立即出門取槍帶回屋內，子彈上膛。

他以準心觀察銳司家，認爲銳司隨時會跳下台階，怒氣沖天，衝著他直來。但左等右等就是沒有動靜，因此認爲雪麗暫時保住了祕密，一家正大口嚼著糖泡芙，連葛瑞格也加入。他剝下床套，將他找得到的每件髒衣物、床單、枕頭套全塞進洗衣袋裡，準備帶進市區，一整個上午耗在洗衣店。他也順便打電話給母親詢問支票的下落與表哥贊恩的電話號碼。

在他離開之前，他看見葛瑞格與雪麗上了葛瑞格的卡車開走。他猜他們是去接回維農克倫斯。現在的維農克倫斯可能深受宿醉之苦。這麼說來，貨櫃屋裡只剩銳司帶芭貝特與小萊。此時此刻是動身的良機。

他走出門直衝吉普車，扔進待洗衣物後上車，繞遠路經過馱鼠貨櫃屋，穿越沙漠與鼠尾草，故意迴避銳司家，以免正在氣頭上的龜公有機會從窗口打靶。

前晚摸黑駛過沙漠時留下清楚的胎痕，因此循線行駛起來不難，然而來到谷地時他並不完全繞過去，而是穿越較淺的一端。斜坡雖陡卻不至於無法應付。話雖這麼說，被困在這裡可不是一件好玩的事。

他趁洗衣服的空檔打電話回父母家。

「巴帝，你到底跑到哪裡去了？」

「我寫信告訴妳地址了，沒收到嗎？」

「沒有。有很多信寄來給你，就是沒接到你寄來的信。」

「媽，我想拜託妳幫一個忙。我急著要那張薪水支票和銀行帳戶結存的支票。這邊出了一點狀況。我決定去阿拉斯加，聯絡一下贊恩表哥，如果無所謂的話，希望在他家待個幾天，然後找個出海捕魚的工作，所以我想要贊恩的地址和電話號碼，跟他商量一下。我連他是不是住海邊都不太清楚。不過最重要的還是支票。妳可以用限時專送寄來嗎？不然如果老爸氣消了，我可以直接北上回家拿。」

「德納里在阿拉斯加的中間，不靠海。你爸還在生氣，而且還把所有寄給你的信裝在大信封裡，放在他的卡車上。」

「慘了。」他父親有能力偽造巴帝的簽名兌現支票，用來抵償失竊物品。「可是，我急著要那兩張支票。妳能跟他商量嗎？就跟他說我有點急。明天再打給妳，行嗎？」

「我儘量就是了，巴帝。我也會去找一找贊恩的號碼和住址。他住的地方好像叫做『巴納納』（香蕉）。地址跟耶誕卡的盒子一起擺在閣樓上。」

「好吧，媽，明天中午左右再打給妳。保重。」

他一整夜過得不安穩，抱著步槍上床，以為銳司隨時可能踹穿已加強防禦工事的屋門。銳司不是說他有把AK—47嗎？卡拉什尼科夫先生發明的輕機槍能輕易射穿這裡。對AK—47而言，貨櫃屋形同破爛的厚紗布。但週一清晨來臨，銳司的卡車聲隆隆響起，在接近漆黑的天色中漸行漸遠。銳司上班去了。

正午時分巴帝進市區打電話給母親。接電話的人是他父親。

「對，你的支票寄到了，被我放在卡車上。你媽媽說你碰上了麻煩。到底是什麼樣的麻煩？」

再對父親隱瞞也無濟於事了。他一一說出銳司．華姆再次闖進了他的生活圈，他與銳司的老婆做了某種事，他擔心自己會被銳司槍斃。

「天啊，巴帝，怎麼又碰上他？你惹麻煩的本事不是蓋的。給我聽著，你最好趕快離開那裡。他有可能做掉你，而且有辦法逍遙法外。他老爸是阿波羅．華姆，綽號波力，現在是鎮民代表，人脈亨通得很，只要拉拉關係，就能把醜事遮得乾乾淨淨。你趕快給我回家來。別再浪費時間講電話了，也別回去打包行李，直接跳上吉普車回家。車程大概五個鐘頭——給我滾回家就是了。快走。詳細的事情等你回家再談。」

得知父親認為事態嚴重，他因而鬆了一口氣。父親說的有道理，趁銳司下班前趕緊溜之大吉。但他不想留下衣物，也捨不得他撿到的箭頭，而且步槍還留在貨櫃屋裡。以後非得抽空回去拿不可。

回老家後，他與父親開著車兜圈研商大計數小時。他對父親傾吐一切——山人葛瑞格、銳司的子女、維農克倫斯被打斷手臂、開車送醫、以及雪麗硬上弓得逞一事。

他打電話到阿拉斯加州的內納納給贊恩。

「巴帝，太棒了！幾年來我一直跟家人宣傳這裡多美，要他們搬來看一看全地球最正點的房地產。我有兩三個朋友認識漁夫，我可以幫你打聽工作機會。即使找不到漁船的工作，還是找得到其他機會。你什麼時候過來？」

「很快。我得先回萬沙特整理行李，以免碰上風雪。現在已經開始下雪了。你們那邊會下雪嗎？」

「鳥有四隻腳趾嗎？」

隔天是星期四，強風冷颼颼，多雲，他開車走那條荒郊野路回萬沙特，半走半滑下谷地，到了對岸再吃力爬升。雖然他只離開三天，視野已多出兩座鑽氣井。氣象預報指出部分地區可能雨雪夾雜。他在自家貨櫃屋前停下，幾片雪花落下，他能嗅出即將變天的跡象，不是雨雪夾雜，而是凶狠惡劣的暴風雪。氣象預報又失準頭了。

家中的物品沒有人動過。他先走向廚房的小窗，向外望去。

沒有車輛停在華姆家外面。

「沒人在家，」他自言自語。他收拾好了衣物、毛毯與床單，也拾起仍擺在床上的步槍，全裝上吉普車。他待會兒再電告房東女兒，在紅沙漠過了一個月的貨櫃屋生活已經夠了。

進入萬沙特後，他在郵局前停車，念在車上有一把步槍，因此鎖好車門，這時忽然聽見兒童的叫聲。

「巴帝！」是芭貝特，一手拿著啃過一半的蘋果。

「哇，原來是糖泡芙女孩。妳好嗎，芭貝特？」

「我已經不是糖泡芙女孩了。葛瑞格說糖泡芙對身體不好，最好吃蘋果、香蕉、葡萄。」

他緊張地四下張望，卻沒有看見銳司的卡車，只見葛瑞格的老爺卡車，而葛瑞格正陪同抱著小萊的雪麗走向車子。維農克倫斯邊蹦邊跟著走，哼唱著小調，以健康的一手牽著葛瑞格的襯衫流蘇。

「媽媽！葛瑞格，快看！」芭貝特尖著嗓門說。「是巴帝耶！」

他舉起一手致意，態度不甚熱中，因爲他不知道銳司會不會跟著冒出來。說不定銳司捧著一大箱啤酒，內心是騰騰的殺氣。雪麗獻上想吞下金絲雀般的奸笑，葛瑞格低嗓大笑。

「狗娘養的，怎麼碰上山人巴帝。我們還以爲你不告而別，從此再也看不見人影了。」

「我只是回家收拾東西。我其實正要搬家，搬到——呃——西部。聽說有工作機會。」以免被銳司打聽出他的眞正住處。銳司有本事尾隨到阿拉斯加。更有理由上船工作。

維農克倫斯拉著他的袖子。他宛如脫胎換骨，原本呆滯的表情變得活潑，兩眼明亮而大膽。

「巴帝，」他說。「巴帝。巴帝。巴帝，告訴你一件事。」

「什麼事？你那手還打著紅石膏嘛。」

「巴帝。」他用力扯袖子。「我想告訴你一件事。一個祕密。」

巴帝彎腰，維農克倫斯以黏黏的嘴唇貼近他耳朵，快快樂樂地以放大的耳語說，「巴帝，爹地被狼吃掉了。」他說完大笑，停下來欣賞這條新聞產生的效應。巴帝自然而然露出驚異的神色。維農克倫斯繼續傳遞重大消息。

「葛瑞格不准我們說出去。葛瑞格現在成了我們的爹地。沒有狼敢吃他，因爲他是狼的朋友！而且狼也不敢吃我們，因爲他是我們新的爹地！」

「恭喜了，」他低聲回應維農克倫斯，然後直起腰桿。銳司碰上了慘事。

葛瑞格正看著他。他必定猜出了維農克倫斯耳語的內容。巴帝無助地伸出一手，彷彿無話可說，只是不知不覺注視著山人的眼睛。他眼中以往快活的神采熄滅了，取而代之的是霸主的嚴肅眼神。雪麗必定自編一套說法訴說兒子骨折當晚發生的事，如今葛瑞格將他視爲競爭對手。

他本想說些請他息怒的話，最後託辭告退，趕緊溜出萬沙特，但他開始後退，張口時說的卻是，「你現在狼兒狼女成群了。」

1：德納里（Denali），位於阿拉斯加州。

2：華姆（Wham），原意爲「轟聲」，英文俚語Wham, Bam, thank you, Ma'am有速戰速決的意思。

3：哈利伯頓（Halliburton），國防、能源工程公司。

4：奧克拉荷馬州立大學運動雜誌。

5：克勞德·達勒斯（Claude Dallas），殺害多名漁獵部管制員的盜獵者。

6：Jackknife，這邊指連結車輛折成90度。

# 熱水浴缸之夏

懷俄明州的麋鹿牙鎮雖號稱人口近八十，除了廢物轉賣場之外幾乎一無可取之處。如果你想吃一頓大餐，想買電池或衛生棉，必須開車沿狗耳溪四十四哩進沙克，才可找到兩家商店與一間修車店。但麋鹿牙不缺誘人的景點——銀毫、丕微與泥地洞三家酒吧。

拓荒時代的路邊小吃店——有「路旁牧場」之稱——也流傳至今。在麋鹿牙鎮以北就有一處路旁牧場，三元就吃得到一餐，缺點是沒有菜單，而店主坡利多拉太太只用紙餐盤，用餐時喜歡聽刀叉碰撞聲的人可能因而失望。撇開紙盤不談，坡利多拉太太端來一盤麋鹿排時附贈一大綠碗的馬鈴薯泥、一瓶牛奶肉汁、一碟苦櫻桃果醬。她總有辦法讓同一頭麋鹿延續一整年。

麋鹿牙鎮民人人皆想成為性格人物，努力之餘也略見成果。窮得光榮，足智多謀，而且有心抗拒文明社會的吸引力，過這樣的生活才棒。

坡利多拉太太的常客是偉利．胡森。他專修卡車與除草機，有一天沒一天的修。他從小生長在麋鹿牙，卻曾因服務於聯合航空而多次轉調遙遠的州與遙遠的城市擔任機械工。有人問他，何苦放棄高薪工作搬回麋鹿牙？他的回答是，「我再也受不了了。」至於他受不了什麼，沒有人追問，因為懷俄明人個個知道州界線以外是個赤紅紅的地獄。他只有一條棕褐色的狗陪伴，名叫伊格爾。

偉利既沒有工作室也無修車房，只是在自家貨櫃屋前的窄土路上開工。如果待修的是大卡車，他就停在馬路上，打開折疊警示牌堆在轉彎處，躺進車底下修車。警示牌上寫著「磨沙慢行」，意思是「修車工躺在路上，車輛慢行。」伊格爾看見主人躺在路上，也跟著有樣學樣，因此被撞過兩次。

有時候偉利忽然元氣暴增，車子修好後欲罷不能，繼續加裝了回收利用的水管、將電線牽連至按鍵與旋扭。本身也是個性人物的戴布・希魄曾請他修理一九八三年的豐田小卡車，領車時發現多了一個擦乾淨的散熱器，儀表板也冒出了全無作用的十一個撥鈕。司卓・博德[1]太太送修Explorer休旅車，領車時卻發現車頂多了一個固定的大探照燈。博德先生說晚上用來照貓頭鷹或敵軍飛行物倒也很管用，缺點是每次開燈時喇叭也跟著響。願意付多少修車費由顧客自由心證。偉利修過的車很少撐過五天或五十哩，但一般認爲有時候五天或五十哩就夠了，至少能撐到沙克求助眞正修車店。

偉利曾經開始在貨櫃屋旁搭建修車房。他從森林處圍起的羊欄下手，這裡偷一根，那裡扒一根，在自家一旁搭出了單斜頂小屋的架構，接著從自家那一疊扭曲的木板裡隨機選取四片，以鐵釘固定，然後就此歇手不幹。麋鹿牙的鎭民引以爲傲的一點是，有必要歇手時，無論何時何事都可歇手不幹。假如到了緊要關頭，偉利卻停止修理除草機、摩托雪橇、卡車，倒楣的是車主自己。只要他歇手不幹，說什麼他也不肯再修。

他修車時動作慢吞吞，有些車一停前院就連停幾個月，最後他才肯掀開引擎蓋看看。丕微酒保阿曼達・葛立布曾趕走偉利一兩次，她送修的是一九五六年份的雪福萊卡車，一等就是十七個星期，越等越不甘心。送修的時候是秋天，隔年春天她才等到一張明信片，上面寫著，「修好了，過來領。」她搭史文・坡利多拉的便車過去。史文住在偉利家以西七哩，雖然有點醉，卻還是答應回家前順路載阿曼達一程。

阿曼達的卡車孤零零站在院子裡，一輪陷入水溝。她大喊偉利的姓名卻無人回應。她聳聳肩，上了車，卻發現座位上留了一張紙條：「修車錢放進信箱。」她先發動引擎——沒修好的話，就沒有付錢的必要。結果傳出「砰砰」兩聲巨響，撼動了整輛車，卡車後面噗噗吐著火，引擎隨之熄火。從後照鏡望去，她看見偉利的草坪上散布著數十個燃燒中的小物體，點燃了草地。她下車查看。她原本認爲可能遭到恐怖攻擊，排除這念頭後才覺得這些小火點越看越眼熟：內燃機吐出的小點當中，有一兩個根本就是粒狀的狗食。她從院子裡撿來一個錫罐頭，撈起冒煙的物體。她猜某隻老鼠一定腦筋太靈活，從伊格爾的狗盤偷走狗食，堆積在卡車排氣管裡準備過冬。她將冒煙的罐頭放進偉利的信箱，附上五分錢硬幣一枚，重新發動卡車，開回市區，留下一串火星與粗話。

去年夏天，一陣瘋潮席捲麋鹿牙而過，衆人忽然開始熱中在戶外興建熱水澡缸。當然沒有眞正掏錢去買浴缸。大家紛紛以廢五金、舊牲口糧水箱來將就，也有人去當諾（Donald's）的「生皮牛仔廢物轉賣場」選購雜物東拼西湊而成。比較愛乾淨的人在浴缸周遭覆上木板走道，以免沙土與仙人掌刺隨腳丫子進入水中。能源短缺時可以犧牲走道上的木板，拆下來直接扔入火箱。所有浴缸的熱源來自柴火。

偉利不僅抗拒懷俄明以外的世界，也抵死不隨麋鹿牙的瘋潮起舞。他一直對戶外沐浴嗤之以鼻，硬是不肯隨俗。「要泡湯的話，老子可以開車去熱波里泡個夠。」

熱波里是溫泉聖地，距離麋鹿牙有兩百四十哩之遙，觀光客摩肩擦踵。戴布說，偉利肯跑那麼遠去泡溫泉，顯示常年定居外州已傷害到他的大腦。

「說實在的，」戴布說，「他看著我的浴缸時，我注意到了他的眼神。只要能裝一個相同的浴缸，他一定連左睪丸也捨得割下來賣。」

夏季接近尾聲時，偉利回林格附近的老家牧場探望祖母。胡森家族自一八七二年在此地牧牛至今。他在器材房裡面東翻西找，發現了一個會大叫「熱水浴缸」的東西。比「熱水浴缸」更絕的是，這東西會大叫「獨一無二的怪浴缸，不像其他浴缸，也比別的浴缸更好。」伯父道格與兩名侄兒——小鉗與大羊幫他把這東西搬上卡車。回麋鹿牙的路上，他與吉姆．懷特一同高歌《耶穌看走眼》（Wrong-Eyed Jesus）專輯裡的歌曲。

伯父開車追了六哩，總算與他並排前進，對著呼嘯而過的風大吼，「你不想帶三腳架嗎？」

「當然要啊。我只有一個引擎起重機，只能用來吊引擎。」

回到麋鹿牙後，他費了一點心思，儘量將大獎藏進避人耳目的地方，可惜礙於他住處周遭的環境——位於懸崖與馬路中間的狹長地帶，擺上貨櫃屋再堆放木板，也停放七八輛報廢卡車（用來採集零件），再加上增建後停工的修車房、狗屋、十幾部救不活的除草機、一疊石塊、一疊砂石、一株年輕的棉白楊樹——根本找不到避人耳目的地方。

「去他的，」偉利說。

他卸下厚達一吋的鑄鐵大鍋，直徑三呎，最後一次使用於一九一二年，原主是胡森牧場秋季聚攏牲口時的某位掌廚牛仔。他將大鍋吊至棉白楊樹附近，距離馬路約五呎，沉甸甸地垂掛在粗大的三腳架鏈條下。

搜尋一番後，偉利找出兩條被切斷的水管，以膠布黏接起來。膠布撐到水位半滿時終於不支。他心想，反正一人坐進去，這樣的水位應該剛好。紛紛浮上水面的有老鼠屎、乾草和鐵鏽屑。一塊有九十年歷史的「狗娘之子燉肉」原本乾掉後黏在底部。他折斷幾根樹枝當火種放在大鍋底下，捲了一張油紙，然後再添幾塊木頭。煙霧升起。他一面等著水溫上升，一面以點22步槍瞄準棉白楊樹上的黃蜂窩練習槍法。

最後蒸氣終於從大鍋冒出來，連帶散發著濃濃的異味。他從大鍋下耙出炭火以及冒煙的木塊，脫光衣服，把衣物吊在附近一堆木板突出處。殘餘的狗娘之子燉肉有牛糞一般大，吸收水分後從底部鬆脫，浮上水面，他一手撈起拋向馬路。澡缸裡的熱水相當熱。他先踏進一腳，再踏進另一腳，水位上升至膝蓋以上。水固然很熱，鐵質的大鍋底更燙，煮熟了他的腳丫。他踏出大鍋，在冷沙地上跳來跳去，然後穿上靴子。皮靴裡因而滿是沙子。

他摸摸大鍋子的邊緣，熱歸熱，卻不至於燙人。他決定兩手抓著鍋緣，以兩腳抵住鍋壁，暫時讓下體垂掛在水面上，然後停止動作，這時尤里西斯．博德夫婦（司卓．博德的胞兄與嫂子）慢慢開車經過。博德太太正要招手，仔細一看後認爲不妥。

尤里西斯·博德走進丕微酒吧說，「我的天啊，我們剛才看見偉利弄來一個像食人族燉鍋的浴缸，他看起來就像一個準備被下鍋的傳教士。」他描述了浴缸的外觀，也說明浴缸多靠近馬路，敘述了偉利急忙坐入水裡時的痛苦表情。博德太太一回想起自己差點招手，神態既驚又羞。

酒保阿曼達凝神傾聽。「對了，」她以酒保的大嗓門說，「拿這個回去找他。」她打開冰箱，取出一包冷凍玉米與半滿的一罐黑櫻桃，再從碗櫥裡取出一罐辣椒粉。「丟進他的食人族浴缸去。他想煮自己，我們乾脆替他添點滋味。不如我跟你們一塊去，該加辣椒粉的地方節省不得啊。」

他們儘快動身前去，可惜偉利已經走了，衣物、滿是沙子的皮靴、卡車也一併消失。鍋子仍冒著蒸氣，水還算熱，水面浮著黃蜂窩，幾隻搞不清楚狀況的黃蜂在棉白楊樹周遭繞行。沙地上有幾個濕腳印。既然偉利不在鍋子裡，就沒有必要白費辣椒粉、玉米與黑櫻桃了。改天再說吧。

他們正要離去時，尤里西斯·博德不巧踩中狗娘之子燉肉。由於燉肉吸滿了熱水，已經質變爲黑色水母，像瀝青般緊緊黏住靴底。他以樹枝刮除後刺穿舉起。黑水母搖來搖去，閃閃反光。

「不管這東西是什麼，好像還沒死多久，」他說。「形狀倒是很像牛尾附近掉出來的東西，不過我猜八成不是。比較像是鴨嘴獸生產後排出的胎衣。」

阿曼達突然搶走樹枝，將黑水母甩入熱水缸。「好了，就讓他自己去發現食人族鍋裡煮出那個東西。」

事隔幾週，乾旱的天氣蒸發了食人族浴缸裡的水，狗娘之子燉肉再次安眠鍋底。

直到上個月，偉利才重返麋鹿牙，開著一九四九年份的路虎休旅車，身旁坐了不會講英文的西藏籍女友，兩者為他在麋鹿牙特立獨行競賽中贏得高不可攀的地位。他一眼也不看食人族鍋；他已經歇手不幹了。

1：司卓·博德（Straw Bird），草桿編成的鳥。

# 垃圾出清記

老祖母史岱福今年冬天去世。她於一九〇一年誕生在愛荷華州的蔭林，本名是薇薇安·羅荷夫特，於一九一五年下嫁爆竹鎮的麥克斯米連·史岱福。爆竹鎮位於懷俄明州的佛立蒙郡。老麥克斯在去年元月放暖的第一天先走一步。老夫婦倆皆享年超過百歲；老麥克斯一百零二，她一百零一。兩老仙逝後留下滿滿一屋子蒙塵的古董廢物，從閣樓堆到地窖，全是他們生前捨不得丟棄的東西。

從廢物中去蕪存菁的任務落在兩名子女肩上。女兒克莉絲汀娜年近七十，身材嬌小，滿頭銀絲；兒子綽號「雄貓」現年八十，腰桿仍挺直如圍籬金屬樁。雄貓育有一對雙胞胎女兒派西與溫蒂。兩女已婚，遺傳了母親的酒窩，頭髮已有花白的現象，她們也過來幫忙。溫蒂的兒子賈基與派西的兒子林哥現年二十幾歲，都長得魁梧壯碩，也同意出力，負責拖走較重的物品丟棄垃圾堆。

「我只希望能發動那輛老卡車，」雄貓說。

「一定發得動啦，」賈基說得自信滿滿，彷彿是得手無數次的年輕偷車賊。

雄貓與克莉絲汀娜長大後待不住懷俄明，除了耶誕卡之外兄妹倆也不常聯絡，因此這次整理遺物的工作相當於令人提心吊膽的家庭團圓。這一趟也象徵重返另一個時期，體驗古生代的滋味。雖然克莉絲汀娜與雄貓已有四十年未曾見過面，兄妹一碰頭立刻燃起舊日敵意。童年時兄妹倆經常捶捶打打，雄貓幾度勒得克莉絲汀娜昏死過去。罵人或許比動粗更傷克莉絲汀娜，因爲他嘲諷妹妹從不間斷，一直罵她醜八怪，嫌她身上有臭味，叫她自己朝腦袋開一槍，爲這世界做點好事。他有時會拿著自己的點22獵槍瞄準妹妹然後說「碰」！爲避免兄妹的心結宛若毒霜浮上水面而醜態畢露，克莉絲汀娜建議女生負責整理屋內，男生負責收拾並搬運垃圾。

「妳愛跟女生混一塊也沒關係啊，克莉絲汀娜，」雄貓冷笑說。「要是改變了心意，不妨出來跟男生合作合作。」

克莉絲汀娜不予回應。

「看看這堆垃圾，」雄貓站在老麥克斯的工具房，身邊是賈基與林哥。雄貓的父親偏愛收集空盒、鐵釘與角釘，連彎曲的釘子也不放過，因爲他打算改天拿來打直再用。此外他也收集了待修補的工具、各式各樣的捕獸器、出現裂縫的玻璃、有凹痕的桶子、燒壞了的電器接頭，以及年久凝固的機油與潤滑油。雄貓內心興起一陣紛雜的負面情緒。只需嗅一嗅這堆油亮冰冷的雜物，他彷彿重回十四歲那年被父親斥責的情境。然而，這堆垃圾裡不乏珍寶，例如一台幾乎全新的除草機、一台漂亮的枱式鋸床，以及一個桃花心木盒，裡面珍藏一組古董鑿子。

經濟大蕭條期間，他父親放棄了牧場事業，改到中學擔任工藝老師，教導數十個笨手笨腳的男生領悟斜面接頭、精密測量、烙印木板，以及製作皮夾的奧妙。幾乎每一學年，工藝課堂總會發生意外，至少有一名學生不是斷指就是手指整個被碾碎。頻傳意外數年後，工藝傷害成了老掉牙的笑話，學生常對身上有疤痕的人或殘障人士說，「原來你上過史岱福老師的課。」

雄貓十歲時因爲父親當老師而引以爲傲。等到上了中學，他卻認爲是奇恥大辱。父親是個大笑柄，是殘障少年製造機，工藝課近似成年儀式，因爲割傷、戳傷、嚴重磨傷是家常便飯，能全身而退的學生如鳳毛麟角。當地盛傳數年的一個例子是醫生之子艾德華．尼卡克，生性怯懦，同學趁常上廁所的史岱福老師不在時脫光艾德華的褲子，拿磨沙機對付他。更誇張的說法是，其中一兩個同學還拿了某種物體——究竟何物不得而知——塞進艾德華的肛門。尼卡克醫師得知後要求警方逮捕惡作劇的學生，也要求校方開除史岱福老師，但風頭一過，史岱福安然無事，尼卡克醫師舉家遷至加州。

工藝課一向是必修，能教工藝的也只有史岱福老師一人。雄貓承受不了這種痛苦，日復一日違逆父意，換來一頓頓鞭抽棍打。他十七歲那年輟學離家出走，在午餐店找到櫃員的工作，做了一年後於一九四三年加入海軍，參與過南太平洋的戰事。戰後他凱旋而歸，回到老家，一身新便服、黃褐色長褲、馬球衫、人模人樣的粗呢西裝外套。

「很稱頭嘛，」母親說。「很像事業有成的生意人。」

「我正有做生意的打算，只要能籌到創業資金就行，」他說完研擬出大綱，計畫創辦一間宗教書店（原因是他隨海軍出國執勤時「看見了聖光」——套句他的說法）。讓他大吃一驚的是，母親問他需要多少，他說兩千元，母親微笑說她應該幫得上忙，接著母子不再談這件事。然而隔天他臨走前，母親遞給他一只牛皮紙袋，吩咐他上了火車再拆開看。他發現裡面裝了兩千元。可惜書店經營得不理想，隨後的快餐店、討債公司、古董店也每開必倒，創業資金卻全由母親供應。他最後死了心，不再想當獨立創業的生意人，從此在連鎖乾洗店上班，定居於阿爾伯克基。

「哇塞，快過來看。」賈基舉起一支油漆刷。油漆刷被一團亮光漆黏在一片木板上。

「丟掉，」雄貓邊說邊向一旁的垃圾桶點頭。同樣兩個字這天上午他說了一百多遍，中午時賈基與林哥已經讓車道上的垃圾堆積如山。兩個小夥子利用拖運廢物的空檔輪流發動那輛雪福萊老卡車。兩人喝了一整個上午的啤酒，微有醉意，儘管頻頻進房子上廁所，膀胱仍隨時飽滿。房子裡只有一間廁所，他們必須通過堆積如山的古怪雜物方能抵達。

＊＊＊

在屋子裡面，克莉絲汀娜、派西與溫蒂忙著整理大批折疊成堆的紙袋。

「少說也有好幾百個！塑膠袋的話嘛，我倒是偶爾留一些，不必堆這麼多嘛。全是老鼠大便和灰塵。」紙袋彼此黏結成巨塊，彷彿努力重返前世，變回樹木。

「小心喲，克莉絲汀娜姑姑，摸到老鼠大便可能會傳染到漢他病毒。」

「我才沒摸到。我戴上了橡皮手套，而且我只是把這些又爛又舊的紙袋放進大垃圾袋裡。妳的奶奶存了幾年紙袋後一定發現用不上，不過她還是照存不誤。」

「未必。」派西從最上面的一個紙袋裡取出一張雜貨店的收據。「我認爲她存到某一年就不存了。看看這日期，是一九五四年。她一定到五四年就不再留紙袋了。」她從最底下抽出另一個紙袋，找到一張手寫的雜貨店收據，上面註明她購買麵粉與砂糖各一百磅，日期是一九二四年。她付的金額很小，因爲收據另外註明她以六打新鮮雞蛋折抵。

「她養了很多雞，我現在還記得，」克莉絲汀娜說。「那些雞她疼得要命。我以前一直相信她愛那些雞勝過愛我們。」

「整理這堆東西的話，要是有防塵口罩可以戴該多好，」溫蒂說。雄貓的兩個女兒中以她最有潔癖。

老祖母薇薇安喜歡收藏玻璃罐、碎布與可以用來縫棉被的舊衣物，更喜歡收集食譜。她孜孜不倦剪貼的食譜有：蜂蜜小甜餅、魔鬼蛋糕、醃黃瓜，以及利用剩菜拼湊成的食品如「馬鈴薯豬肉」（剩餘的香腸加冷掉的馬鈴薯泥）、「羅馬假期」（吃剩的義大利麵拌切碎的四季豆）、「長條鮭魚」（鮭魚罐頭，又加上吃剩的義大利麵）。數十年之間，薇薇安．史岱福將剪下的食譜貼進筆記簿、收支簿、小說、說明書，每一本都在空白頁註明日期。起居室裡有一座玻璃面的書架，裡面排了幾十本這種食譜剪貼簿。食譜顯示史岱福家嗜食大量甜食。薇薇安每星期少說用了十磅的砂糖烘焙巧克力奶油派、「奧克拉荷馬夾心餅乾」與奶油蛋糕。她也自製黑櫻桃與番茄醬，以碎牛肉與板油製成老式肉末，也在瓦罐裡浸泡吃剩的醃黃瓜汁，這些食品的製作方式現已失傳。儘管薇薇安自製有方，食品大廠仍有本事入侵史岱福家，因爲許多食譜的原料來自Crisco、Borden無糖煉乳、Kingsford玉米粉，以及其他大量生產的食材。到了一九五〇年代的某一天，她不再收集食譜了。書架上最後一本剪貼簿的日期是一九五五年，原本是《讀者文摘》精簡版的這一本只貼了幾樣食譜。

「好好的書，幹嘛拿去貼這些亂七八糟的食譜，多可惜。」派西邊說邊翻閱《農民收支帳簿改良版》，這時有一張紙從中掉落，是農業社團聯合會的會員申請表，只塡了一半。申請地所屬的郡是佛立蒙，鎭名是爆竹鎭，卻沒有簽名也沒有註明日期，或許是因爲申請表最下面提醒申請人附上十元支票。「妳看看。他們沒錢加入農聯。十塊錢在一九二〇年代不是小數目，」派西說。申請表後面黏了半張「豔陽草莓」的食譜。

另一張紙證明史岱福夫婦結婚之初生活困苦。有一張催收信函被撕開一半，執筆人的字跡尖聳，「咸信閣下不願我方對此支票採取行動」。署名的下方有幾行印刷文字，概述的罰則包括僞造文書、空頭支票、使用假鈔。

「哎，」眼見雙親貧苦的明證，克莉絲汀娜嘆氣說，「可憐的老爸老媽。」

小時候家裡沒錢買糖果或新衣服。她微微記得跟著母親走在泥土路上，走了很遠。當時她年紀一定很小，大概只有兩三歲。此時她在堆滿紙袋的食品儲藏室，仍能依稀憶起砂石刺痛腳丫的感受。她小時候一定無鞋可穿。母親帶她走到一處荒原，這裡有個乾谷，倒滿了奇奇怪怪的舊車零件、舊輪胎、破布、隨風飄動的紙張，奇臭無比。她這時才理解到，那地方想必是當地的垃圾場。母親走下垃圾堆，撿起東西後不是丟掉就是扔向克莉絲汀娜等候的地方。有個東西劃過半空，嘩啦一聲降落在克莉絲汀娜附近，原來是個缺了兩手臂的洋娃娃。可憐的洋娃娃不幸降落在石頭上，摔裂了頭部，裂縫從兩眼之間延伸至下巴。雖然殘缺不全，洋娃娃的頭髮金亮動人，只嫌髒了一點，而且雙眼仍能睜開，也幾乎能完全閉上。她很喜歡這個洋娃娃，時常拿出來玩。事隔許久之後，她才將兄妹倆穿的衣服聯想至撿垃圾一事。當年的衣服洗了再洗，補了再補。她想不起母親確實從臭氣燻天的垃圾堆拉出破衣服，卻記得離開垃圾場時捧了一個塞滿東西的麻布袋。

克莉絲汀娜望向爐子時看見那只古董茶壺，是母親留給她的遺產。母親立遺囑將房子與土地留給雄貓，將這個舊鐵壺以及她想要的家當留給她，不想要的可出售，所得全歸她所有。母親遺贈鐵壺時附帶一句含義不明的話：「少即是多」。這話母親生前講過了幾百遍？她相當肯定的是，這只鑄鐵壺是母親從垃圾場挖出的東西，既笨重又古老，大概是被買了亮晶晶新壺的原主拋棄。這壺是母親生前最珍視的物品之一，不准別人使用，裝水時堅持自己動手。克莉絲汀娜小時候只關心自己的事，不太注意母親爲何心眼小到不准別人碰這爛東西。但她清楚記得，鐵壺出現的前後家境也開始好轉。她隱約回想起母親一面刷洗鐵壺，年幼的她則在一旁嘟噥著多想開學時穿新衣。

「就是沒那個錢嘛，」她母親說。「上樓去拿妳那件藍色舊洋裝，我洗完盤子後幫妳在旁邊縫蕾絲。不過我跟妳一樣，也希望幫妳買兩三件漂亮的新衣服。」

她上樓取來那件藍色洋裝，蓬蓬的衣袖好幼稚，顏色也褪了不少。隔天早晨奇蹟出現了，藍色洋裝不見蹤影，取而代之的不是一件新衣，而是三件。那三件新衣服她至今仍記憶猶新。一件的質料是人造絲，極細的粉紅與白色條紋相間，胸前有罕見的摺痕設計，頸線方正，兩旁各有一朵小蝴蝶結。儘管當時年紀小，她仍看得出這件衣服風格獨具。另一件以深藍羊毛布料剪裁而成，彼得潘衣領的質地是白色的凹凸組織布，是非常有大人味的衣服。第三套她最常穿，蔓越莓紅色的燈芯絨連身裝，搭配了兩件高領針織襯衫，一件海藍色，另一件雪白。

她中學時研讀祕書課程，十九歲那年夏延一間律師事務所向她招手，她畢業一星期後離家就任。當年是一九五五，她帶著新皮包，裡面裝了一百元。出門之前，母親將皮包塞進她手裡說，「妳帶著。」克莉絲汀娜無法想像母親如何湊足這筆錢。當時家裡窮到無電可用。

來到夏延，她在寄宿屋租了一間又冷又昏暗的房間。律師事務所的工作要求繁多，職責重大。律師時常稱讚她細心可靠。她原先打算待一輩子，省吃儉用，週末回家看看爸媽，過著交友單純的生活。後來結識了蘿絲．柯婁沃才改變心意。蘿絲也住在同一棟寄宿屋，她開了一間麵包店，名爲「巧手」。當年克莉絲汀娜一頭豐盈秀髮，金中帶紅，紮成髮髻，蘿絲喜歡伸出雙手把玩。蘿絲的數學不錯，具有冒險犯難的精神。兩人最初臭味相投的共通點是痛恨哥哥。蘿絲吃的苦頭比克莉絲汀娜大，因爲大她八歲的胞兄克雷長年對她性侵，從她五歲那年直到她離家自立爲止。

兩位好姊妹總巴望著週末到來，喜歡一同看電影——蘿絲稱爲「看表演」——然後到杜克飯店享用豐盛的大餐。她們兩度各租一輛單車，帶著野餐騎車縱橫大草原上的道路。蘿絲考慮買車，但即使老爺車也要花上幾百元，而且汽油每加侖兩毛九，開銷太大。兩人都不喜歡男生，因此達成一個共識：夏延這地方被華倫空軍基地污染了，不適合她們生存。

克莉絲汀娜喜歡穿所謂「新風貌」的時髦直統長裙，腳踩芭蕾舞鞋，但蘿絲由於長時間在麵包烤箱間工作，習慣穿藍色牛仔褲與T恤，上面總是沾了麵粉。

某個星期六，兩人搭乘前往科羅拉多州柯林斯堡的巴士，想看大學電影院上映的費里尼名片《卡比利亞之夜》。隨著大群學生散場時，蘿絲對她說，「我想去別的地方，想去看看世界上的其他角落。我們去度假吧。妳有沒有度過假？」

「沒有。能去哪裡度假？」

「西雅圖，」蘿絲說。她看過雜誌介紹過。「不然洛杉磯。加州隨便哪個地方都行。去看海，看電影明星，看棕櫚樹，好不好？我們應該度假犒賞自己。別人都去旅行，我們幹嘛不去？去義大利也行啊。」

兩人討論了數星期，最後決定前往舊金山與洛杉磯。因爲兩人沒車也不會開車，只好盡可能搭巴士與火車，抵達目的地之後再徒步瀏覽。她們的第一站是洛杉磯。

洛杉磯太誇張了。棕櫚樹隨處可見，只可惜她們見到的景物都與夏延差不多，只是放大了幾倍而已。她們投宿在廉價而喧鬧的天使旅館，花了兩天不停走遍四面八方，然後搭上巴士前往舊金山。

「沒有棕櫚樹，」蘿絲說，「不過房子看了賞心悅目。至少看得見的時候如此。」她補上最後這句話的原因是大霧正籠罩過來。

這是克莉絲汀娜今生首次度假，首度探索大都市，太平洋是她見過的第一個海洋。兩人欣賞景點、搭乘渡輪、橫越金門大橋，玩得好盡興。蘿絲特別對金門大橋有好感，因爲完工那年她正好誕生。兩人也在美好的餐廳用餐，共睡一床。軟趴趴的彈簧床中凹，兩人因此滾到中間。

「但願我們不必回去，」最後一夜克莉絲汀娜對蘿絲低聲說。蘿絲轉頭時赭色鬈髮跟著輕輕撣拂。

「不回去也行啊。這裡不愁找不到工作。我敢跟妳打賭，明天早上出門十分鐘就找得到。比較麻煩的是租房子。妳想不想試試看？」

「想，」克莉絲汀娜說著躍下跳水板。吸引她的是能永遠度假，能與蘿絲共處，能合住同一個地方，再小也無所謂。蘿絲抱了她一下，低聲說，「一定會真的真的好棒。而且我們也能擺脫懷俄明那個爛地方。我才不想當麵包師。我不想隨便嫁一個黑心牧場人，更不想蓋著一盤餐點去參加『牛莊美女』聚會。我想念大學。我想要自己賺錢，想要過自己的生活——也想要妳。」

時光一年一年流轉，宛如針穿粗棉布般順暢。蘿絲想深造，念完大學後再上研究所，取得都市規畫碩士學位。克莉絲汀娜在百貨公司找到工作，從基層做起，最後高升上流女裝店的採購部主任。她買了車，也學會開車，每年兩人度假兩次，足跡遍及墨西哥城、馬丘比丘古城、威尼斯、夏威夷、瑞典。多數是蘿絲迫切想參觀的城市。來到雪梨時，她們細看舊倉庫改裝的水濱典雅公寓。薩夫迪[1]的生境館落成三十週年時，她們也造訪蒙特婁。在倫敦時，蘿絲惋惜的是市區當代盛行牛仔式建築，這些房子在喬治王朝與帕拉第奧[2]式的大師之作中顯得特別囂張。即使距離老家不遠的丹佛也有可取之處：舊圍場、寄養馬廄、乳品加工廠、製鞍工房、有軌電車經過的穀倉、小客棧，以及前身是西部襯衫工廠的高級閣樓。

兩人於幾年前退休，如今駕駛「躍蟾」旅行車周遊全美。車子後面印上蟾蜍的圖樣，以曲線表示蟾蜍完成了縱身勁躍的動作。

「就跟我們一樣，」蘿絲說著駛進亞歷桑納州謝伊峽谷的停車場。「東跳西跳。」印第安攤販將串珠項鍊陳列在大峽谷邊的一道矮石牆上，她們買下來互贈對方。爬至矗立懸崖上的民房時，蘿絲拚命喘氣，克莉絲汀娜則盡力想像回家路上攀爬光禿岩壁的滋味。懸崖上的居民一定是世上身手最矯健的一群人類。如今她重回了兒時的故居，在異味洋溢的這棟小屋裡將舊紙袋塞進垃圾袋裡。她希望能以一天的時間整理完畢。她好想回汽車旅館，好想喝杯攙伏特加的柳橙汁。回房後她會打電話給蘿絲。

「不過現在啊，」她說，「我想先泡杯咖啡。有沒有人想來一杯熱騰騰的即溶咖啡？」她有先見之明，帶了一罐過來。派西與溫蒂都搖頭。派西正在喝可口可樂，吃素的溫蒂比較喜歡花草茶。

她以洗手台的自來水盛滿沉重的鐵壺，沖出了一隻飽受驚嚇的蜘蛛。還沒走到瓦斯爐，她就聽見滴滴答答的聲響。一串水珠從壺底滴落。她舉高一看，發現底部破了一個小孔。

「哎呀，老天爺無眼，」她說。「這下子沒即溶咖啡可喝了。我繼承的寶貝茶壺居然有破洞。但願兩老買過微波爐啊，不過我可不敢奢望。」她將鐵壺放回洗手台，任其漏水。

「克莉絲汀娜姑姑？」溫蒂大喊。「這是什麼東西？」克莉絲汀娜探頭進去儲藏室。兩名姪女仍在收拾紙袋。溫蒂指向上面，最高的架子上擺了一個紙箱，寫著電器天下微波爐。

「不會吧！怎麼可能，她連箱子都沒打開過。大概一放就是好幾年了。」她伸手取下箱子，動作儘量放慢，以免被上面堆積的灰塵撒了一身，害大家猛打噴嚏。但箱子上居然沒有灰塵，而且看起來非常新。她趕緊接上插頭煮開水。

「很好。待會兒還能煮熱湯來喝。」

溫蒂注視著微波爐。「奇怪，」她說，「這個品牌滿新的。我前幾天才在沃爾瑪超市看到，還考慮要買。這種微波爐相當新。」

「怪事，」克莉絲汀娜附和。

家境欠佳一事令雄貓百思不解。老爸對數字有一套，喜歡演算數學算式，時常出難題給兒女解，逼兒女計算直立穀倉的容積、操作六犁農機每小時的成本、估計一疊乾草大約幾噸重、理解水槽的容量、換算一磅重的鐵釘共有幾根、一輛蓬車容得下幾頭食用牛。家中的小淘氣克莉絲汀娜當然勇於接受挑戰，不斷嘗試計算。這些難題原已夠深奧，父親還額外加上一些難以計算的因素如豪雨、深泥地、馬車廂出現破洞，連鐵釘的尺寸也大小不一，從一又八分之一吋長的細鐵釘到三吋的圍籬釘都有。雄貓認定這些習題無解，父親只是用這些難題來折騰子女。雖說父親具有數學天分，家境卻毫無起色。父母雙親何以如此錙銖必較，如此撙節儉省？他推測原因不外乎當年時逢經濟大蕭條，父親被迫放棄牧場，改行教工藝。他忽然想到，也許父親與他同樣討厭工藝。最龐大的一道數學問題是，過去三十年來，兩老究竟靠什麼維生？父親難道領了終生教師年金之類的退休金？社會保險制度是否能供他們溫飽？或者他們從哪裡繼承了一筆錢，外人卻被蒙在鼓裡？另外，每次他想創業，母親年復一年總有辦法出資相助，錢從哪裡來？雄貓一毛錢也沒有償還過，現在則滿心好奇，希望探求母親的財源。兩老可能暗藏了一大筆錢。也許老爸撿到了價值連城的化石，也許母親中了出版家彩券大獎。

「我想洗一洗這些小玩意，」溫蒂在房子裡收集了一箱瓷器裝飾品，捧至洗手台。「全沾了好厚的灰塵。」她在洗手台前嘆氣。

「克莉絲汀娜姑姑，這個舊壺妳打算怎麼處置？」

「拿來這裡放，我待會出去順便交給男生。這東西從垃圾場撿來，就丟回原本的垃圾場去。」她望向窗外的車道。老麥克斯的舊卡車停在車道上，附近堆了大批廢物，只等人搬上卡車後面。廢物上車前，賈基再試試看能不能發動。引擎無精打采地呻吟一聲，接著毫無動靜。

「一直發動，不耗盡電瓶才怪，」雄貓從車庫內部高喊。

「爺爺，電瓶是全新的，是我們今天帶來的。問題不在電瓶。」

「哎，但願車子能發動，讓我們清光這堆亂七八糟的東西，趕緊離開。」克莉絲汀娜說著正要遞出鐵壺。就在此時，引擎隆隆啓動，汩汩藍煙從排氣管噴出，也吐掉了一個老鼠窩。

克莉絲汀娜一時停止呼吸。「未免有點太湊巧了吧，」她說。「跟剛才的微波爐一樣。這其中一定有蹊蹺。」她仍提著鐵壺，同時高聲說，「但願我打開冰箱的時候，發現裡面有一杯鮮美的伏特加柳橙汁。加冰塊。」她把鐵壺放在瓦斯爐上，走向冰箱——母親習慣稱呼爲「冰盒」——打開冰箱門後發現一只高高的切割水晶玻璃杯，冰塊晶瑩閃亮，柳橙汁滿至結霜的杯口，還插了一朵新鮮而芬芳的柳橙花。她先嘗了一口，然後喝完整杯，關上冰箱門，提著鐵壺出門走向車庫。

「雄貓，」她大喊。

「什麼事？我在忙，長話短說。」他對妹妹的口氣一向如此，尖銳又帶惱怒的意味。

「哎，沒事沒事。不打攪你了。」她提著鐵壺走上車道，在卡車旁邊對雄貓的孫子賈基與林哥說，

「但願這輛卡車能像冠軍跑車一樣耐用，多跑幾年也不會故障。」

「我也這麼希望，」賈基說。「可以給我們開嗎？如果曾祖母沒有留給別人的話……。」

「我猜她一定願意留給你們兩個曾孫。只不過，你們分住兩個城市，怎麼合開？」

林哥說，「另外還有一輛，我不知道是卡車還是轎車，就停在穀倉裡面。不管是什麼車，那一輛可以給我。如果還沒完全報廢的話。」

「另一輛？我沒看到啊，」賈基說。「是什麼車？」

「我也搞不清楚。上面蓋著好大一片髒油布，我只掀開一角，看見兩個漏氣的後輪胎。」

賈基立刻走向穀倉，克莉絲汀娜則走回屋內，手裡仍提著鐵壺。

十分鐘後賈基回到院子。

「看出來了嗎？」

「老兄啊，說出來別嚇到喲。是四三年份的Willys型吉普車。車況良好，而且配備了旋轉車頭燈和側束帶。」

「臭蓋！」

「不蓋你。」兩人前去穀倉，雄貓聽見欣喜若狂的歡呼聲維持了一陣，自己也過去瞧瞧。

「這輛吉普車，我還記得，」他說。「大戰過後老爸去買這輛車，那時候他帶我一起去。是戰餘品。他花了一百五。開了好幾年。是有史以來坐了最不舒服的車子。」

「誰管它舒不舒服？」賈基說。「這輛車超棒，屬於珍藏品咧。」

「珍藏品？」雄貓嗅到鈔票味了。「值錢嗎？」

林哥警覺到手的肥羊可能被搶走，連忙撒謊說，「大概值不了多少錢，開起來很拉風就是了。」

「這種車開起來很危險，」雄貓說，「看見那根操作桿沒有？刺穿過很多軍人的肚子喲。」

「我開的時候穿防彈衣就是了。」林哥藉此鞏固所有權。

「我們不如去租一個貨櫃來裝吉普車，然後開那輛卡車來拖，」賈基說，「這樣一來，兩輛車就能一同開回加州去了。明天就到。」

「你們的媽媽答應的話，我也沒意見。」

但派西與溫蒂異口同聲反對，雄貓花了十分鐘發表慷慨激昂的演說，大談冒險精神、男性氣魄、證明自我，以及其他克莉絲汀娜認爲是大男人鬼話的言論，她們聽到最後只有黯然讓步。

溫蒂在廚房抽屜找到數十張早午晚餐的菜單，拿給克莉絲汀娜看。「她以前每天煮這些東西嗎？」

＊＊＊

其中一張的標題是「星期三晚餐」，下面寫著：

起士羅馬牛肉

堪薩斯炸玉米餅

南瓜鬼燈蛋糕

食譜剪貼簿裡也有數十張利用剩菜拼湊出的菜單，看了令人反感。克莉絲汀娜靈光一現。她的母親生前從未動手煮過這些餐點。她的做法很簡單，只需站在廚房裡，一手放在舊鐵壺上，效法從前大戶的女主人拿著這種菜單給伙夫去處理。但克莉絲汀娜繼而一想，沒見過世面的母親淨開這種差勁得不像話的菜單，她不免感到心痛。所有的菜單全摘自母親剪貼的食譜，全從婦女雜誌、罐頭與包裝的標籤上細心剪下，每道菜名響亮又富朝氣。沒有任何事情比這一點更令人感傷。

雄貓三年前接受攝護腺切除手術，連帶切斷了下體兩束神經，手術後再也無法勃起，後遺症也包括小便失禁，至今仍須穿成人紙尿布。雖然他慶幸撿回一條命，身體狀況卻讓他個性變得暴躁易怒。一看見兩個孫子健康壯碩，東蹦西跳聊著汽車、女孩、音樂，讓他深受百般折磨。反過來說，他也同情孫子，很想警告兩人苦日子就在前頭，情感羈絆與財務問題轉眼將至，天地人世的惱人問題，未來何去何從，人生的正道何在，接著必須煩惱的是肉身日漸不聽使喚的悲哀。

他無從預知的是，孫子竟然比自己早走一步。十八小時之後，兩個富有冒險精神的青年同時命喪車禍中。一輛飛遞公司的大貨運車不慎擦撞拖運老爺吉普車的貨櫃，導致貨櫃與卡車滾落陡峭的路隄，墜入乾涸的淺灣中。根據車禍調查小組報告，假使事發時兩人繫上安全帶——老卡車年代久遠，尚無安全帶的裝置——仍有生還的機會。這消息令人扼腕。老卡車本身除了被撞出幾個凹洞外並無損壞，仍能行駛。

克莉絲汀娜重回蘿絲懷抱後聽見噩耗，將罪過推給雄貓。她被無情的怒火沖昏了頭，一把拿起舊鐵壺說，「但願我哥爬樓梯時摔倒跌斷脖子。」

結果在懷俄明州的勒斯可，一位退休的架線工瑞奇·希吉踩中了拖在地上的浴袍腰帶。他是麥克斯·史岱福於一九二八年採購牛隻途中外遇的結晶。他被絆倒後一頭栽下樓梯。

鐵壺從不偏心。

1：薩夫迪（Moshe Safdie，1938-），加籍以色列裔建築師。

2：帕拉第奧（Palladian，1508-80），義大利建築師。

# 租自佛羅里達

畢茲洛普三兄弟塔格、巴比、小俊走進酒吧，三雙眼珠直接轉向阿曼達・葛立布。她一看就知道三兄弟有壞消息相告。他們以修繕圍籬爲業，平日喜歡惠顧泥地洞，因此現身丕微非同小可。三人走進來時，酒吧裡所有人望了一眼卻不定睛注視。丕微的酒客以個性沉著冷靜自豪，眼見陌生人入侵仍能面不改色，外人的奇言異行卻逃不過他們掌握，先盡收眼底，事後再逐一剖析。某天來了五名西藏僧侶，身披血橙色僧袍，進了丕微點茶喝，酒客卻連眼皮也不眨一下。這幾位僧人個個身型矮小，神態陰險刁鑽，散發出筋骨強勁的光環，令人聯想到牛仔賽的騎師。僧侶離開後，嚴冬俄甫說，「我可不想惹那幾個小子。」又有一天，兩對大嗓門的黑人男女開著老轎車前來，車牌是路易斯安納州，他們點的是龍舌蘭酒。衆人既不發聲，也不正眼看他們。點龍舌蘭酒的人一年不超過兩次，因此阿曼達將酒瓶放進酒櫃後方，翻找了一陣子後聽見黑女之一開玩笑說，「快一點啦，姊妹！」阿曼達在心頭記下一筆。

畢茲洛普兄弟因長年曝曬於日光下，膚色幾近焦黑，眼珠也因受鹼塵與風的摧殘而血絲滿布，衣物被鉤破數百處。破洞過了一段時間後蓬成小團小團的線球。他們處理帶刺鐵絲網時雙手難免被刮出短短的傷口，也不乏戳傷與結痂的傷痕。他們穿的是最耐用的皮靴，其中一人身上仍穿著防蛇防鱷裝。次男巴比的帽帶取自通電圍牆的三號電線。

「塔格！」牧場主人鮑伯・烏特利說。威武震人的他嗓音爽朗如常。「看樣子你被老婆抓慘了。」

塔格只對這個老掉牙的笑話微微一笑，雙眼卻直盯阿曼達。

「百威和小杯威士忌，」他說。「各來三份。」

她小心翼翼端酒放在三兄弟前的吧台上。

「今天不順心是吧？」她旁敲側擊著厄耗，引著三兄弟主動說出。他們正幫阿曼達搭建圍籬。

「很正常。只是啊，妳碰上的鄰居來頭可不小。」

「我知道，」阿曼達說。「丹佛來的大老闆歐提斯．韋恩萊特．任區，而且是全州心眼最小的經理。怎樣？他今天做了什麼好事？」

「昨天晚上的事。我們禮拜五不是才蓋好圍籬？」巴比說。「昨天晚上又被剪開了。」

塔格吞下威士忌後打嗝兒。「應該是那個霍華．布里克的手下幹的。全身刺龍刺鳳，看樣子坐過牢。妳院子裡來了好多三J母牛，少說也有三百頭。」

巴比再度插嘴。「而且那些母牛很難管，既像馬戲團裡的牛，能跑能跳又像野鹿，游水的時候又像魚，甚至連小牛都有兩把刷子。那些牛啊，一點也不留情。」

老公小俊與往常一樣不發一語。

幾年前，小俊參與古道尋幽活動，騎馬趕牛的英姿登上《西部牛仔》雜誌的封面。蓋馬奇經紀公司位於洛杉磯，以發掘新人為業。某天一位祕書看見封面上二十歲的小俊身材結棍，身穿小牛皮背心與護腿套褲，披了一條天藍色的牛仔頸巾與藍眼珠相互呼應，她拿著雜誌氣喘吁吁地找上蓋馬奇。蓋馬奇立刻看出他是勞伯．瑞福的接班人。蓋馬奇親自開車前往麋鹿牙登門造訪，向小俊說明發財良機就在好萊塢等著他。

小俊從不知道自己長得好看，所以他說試試看也無妨。然而，小俊一到西岸後，蓋馬奇看出這位難得一見的硬漢小生不盡然完全符合當今男性美的標準：小俊的嘴唇太單薄了。畢茲洛普家族共通的一個特點就是嘴唇薄到近乎不存在，進食、交談、偶爾半露微笑還夠用，登上大銀幕恐怕不夠看。蓋馬奇對他說，有個描寫「強森郡暴動」[1]的電影即將開拍，但劇情的重點不在於小牛仔對抗大牧場主人的貪婪與主宰，而是立樁劃地自用的地主受龍捲風侵襲而群起暴動。蓋馬奇認爲小俊很適合扮演劇中的青年地主。龍捲風一骨腦掃盡劇中青年的家當與家人，他也因而變壞，由小俊來擔綱再貼切不過了。他勸小俊注射膠原豐唇，以便套牢這個角色。蓋馬奇十分篤定有必要豐唇，願意自掏腰包讓小俊接受注射。結果令人大失所望。畢茲洛普家么男的嘴唇如今看似兩條短蚯蚓在他臉上爭佔位子，雙唇既畸形又像老是噘著嘴。幾個月後，他重返麋鹿牙，與兄長合作搭建圍籬，變得沉默寡言，避免照鏡子，害羞如被打過的貓。

「那批牛大部分被我們趕過小溪了，」塔格說。「可惜妳家花園卻被踩得很慘。我們沒辦法趕走全部，現在院子裡還有幾頭。」

阿曼達再幫他們添酒，酒瓶的重量令她的手微微顫抖。

「最慘的是，」塔格說，「任區想請我們過去『魚鉤牧場』幫忙。這項工程賺的錢，夠我們兄弟吃喝到明年沒問題。」

「哎，天啊，」阿曼達承受不住。

麋鹿牙坐落於狗耳溪谷地的高處，位於角鋼山脈的西坡。溪谷以南四十哩是規模較大的沙克，開了一間沃爾瑪超級商店，將本區僅有的小錢虹吸而過，但錢流也反向回流至麋鹿牙，因為麋鹿牙的三間酒吧勝過沙克的任何一家，常客絡繹不絕，生意興隆，有些酒客甚至從大派尼遠道而來，甚至連熱波里的人也有。三酒吧中以丕微最受歡迎。丕微瀰漫著十九世紀的氣氛，混雜了啤酒、糞肥、威士忌、熱爐、蒙塵屋椽、帽帶的汗臭等氣味。阿曼達常燒一種誤名為矮松精油的香精，香味也繚繞其中。另外兩家酒吧是泥地洞與銀毫，各有忠實常客，但客人最多的仍屬丕微。

阿曼達在丕微的吧台服務了八年。她住在整修過的單房貨櫃屋中，坐擁一百六十英畝的祖產，是葛立布家族的大牧場於一九六〇年代劃出的一塊。她闢了一座花園，種了一棵病奄奄的蘋果樹，必須時常到狗耳溪提水灌溉才不至於枯死。狗耳溪的流量豐沛，懷俄明其他地區的人會以「河」尊稱。在牧場與嗜食牛肉者的包圍之下，阿曼達卻偷偷吃素，對牛隻暗藏強烈的反感。她的母親仍養著幾頭牛，卻沒能洞見女兒吃素的祕密。丕微的收銀機旁掛了一分月曆，純種牛的光面相片常讓她覺得礙眼。休假時，阿曼達下田栽培菜圃裡一排排的番茄與菜豆，內心洋溢著幸福感。新鮮空氣由角鋼埡口的花崗岩翩然滾落，飽受丕微酒客體臭與菸味洗禮的她聞來清新而冷硬。

狗耳溪對岸的土地原歸紅蠟筆牧場的法蘭克．富林克所有。但富林克前年將牧場賣給三J牧場集團，該企業的版圖遍及德州、加州、蒙大拿州、新墨西哥州與懷俄明。本地人稱之為三J公司或魚鉤牧場。經理任區的體型乾瘦，臉上有兩大黑眼圈，彷佛以前被揍了兩拳，永遠也無法復原。任區全心全意關照營收數字，手下的工人也向他看齊，有時甚至不惜打開牛欄門或剪幾條鐵絲網方便三J的牛侵犯他人土地。由於三J的土地多是鼠尾草叢與刺莖藜，而且遭過度啃食，綠草如茵的阿曼達院子令三J牛垂涎。只要有草吃，闖禍也在所不惜。此外，因爲阿曼達是一介小女子，任區與手下弟兄瞧她不起，看準了她不爽的話頂多學母雞嘎嘎叫個幾聲，不至於採取激烈的反抗行動。反觀阿曼達，假如任區或坐過牢的手下膽敢走進丕微點酒，她決心一一毒殺。可惜可能性不高，因爲魚鉤牧場那群人不是光顧泥地洞，就是在自己的髒卡車上喝悶酒。

阿曼達回到家時已過午夜。她在貨櫃屋前停車，下車後踏中一攤落地未久的牛糞。貨櫃屋的轉角有個笨重的物體動了一下。她扭開門廊燈，看見五頭白頭黑牛，她心愛的牡丹花從最近的一頭嘴裡垂下來。她抓起掃把，尖著嗓門朝牛群奔去，母牛們轉身向夜色漫步而去，留下腳踝扭傷、一肚子火的阿曼達。

清晨天一亮，她目睹了花園殘破的全貌，大牛蹄踩出了月球表面，將初生的番茄藤踐踏成綠泥，澆水的塑膠管也被踩破。蘋果樹攔腰而斷，被踏成條狀的纖維。能救回的東西幾乎沒有。她整個清晨追趕母牛，忍著腳傷瘸腿奔走，咒罵著趕走又回頭的牛群。母牛一涉溪回對岸後，見自家牧場沒青草可吃，立即回頭進犯阿曼達的家園。她知道昨晚有人剛剪破了圍籬，母牛想回來隨時可鑽洞返回。她終於把最後一頭趕過小溪後，在貨櫃屋台階的最上層坐下，望著被牛蹂躪的家園。她剛在圍籬發現一個開口，被剪斷的鐵絲切面晶瑩地眨著眼。幸好上午八時，一陣塵土沿著馬路揚起，帶來了救星。來人是畢茲洛普三兄弟。

「你們不是去幫魚鉤牧場了嗎？」

「我們跟他回絕了。反正工作多的是，少了他照樣能混口飯吃。」十分鐘後，缺口已經補好。阿曼達進房去，正準備上班，塔格站在台階上對內呼叫。

「阿曼達？我聽說有人想賣鐵絲網，看妳的意思怎樣。麥田鎮有人想便宜賣掉五呎的鐵絲網圍籬，我不知道他要價多少，不過妳買下來搭在這裡，說不定能稍微抵擋剪鐵絲網的人。他賣的這種鐵絲網是用鐵絲纏繞而成的，堅固得很。我有他的電話，妳可以跟他商量，談好的話，我可以帶弟弟過去幫妳載。」

她抄下電話號碼，然後前去丕徵上班。畢茲洛普兄弟有所不知，阿曼達的銀行帳戶已經乾涸見底，除非鐵絲網的索價幾乎相當於免費奉送，否則這筆生意絕對談不成。儘管如此，她還是撥電話過去，鐵絲網的主人說他有一千五百呎，只賣三千元。對阿曼達而言，叫價三百萬也行，反正買不起。

當晚數百頭三J母牛湧入阿曼達的家園。貨櫃屋震醒了她——不是地震而是牛震。母牛湊著貨櫃屋的凸角搔癢，大搖大擺踩著自己的糞便，磨蹭著泥土。其中一頭薑黃色的母牛磨蹄宛如磨刀，霍霍直響。拿掃把驅趕無濟於事。牛群左躲右閃，彷彿陪她鬧著玩遊戲。她有一把方格花樣的舊雨傘，因連年乾旱擱了五年沒用過，這時一氣之下拿出來，慢慢走向薑黃色的牛。這頭牛的栗色眼睛濕潤，透露狡黠的神采。距離母牛五呎時，母牛凝神注視，她尖叫一聲並向前衝刺，同時撐開雨傘，母牛被嚇得騰空一跳，拔腿狂奔，但半小時之後，牛群對雨傘再也提不起興致。阿曼達上班途中繞至沙克，在煙火店買了五十支沖天炮。隔天早上她以連番砲轟伺候牛群，嚇得多數衝進小溪裡，有幾頭卻不動如山，剛才被嚇跑的牛見狀也重回舊地，只在阿曼達一炮命中時縮了一下。道道地地的魔牛。

壞事接踵而來。雖然阿曼達屢次表態不願在運動酒吧上班，丕微的老闆路易斯．麥考斯基不顧她的抗議，將酒吧裡無聲的黑白電視捐給義消募款會，買來一台超大螢幕的彩色電視，裝在收銀機的正上方，還說他訂了衛星電視，將來可收看一百多台的節目。

「一百多台的垃圾，」阿曼達說。「一百多台的美式足球。」

麋鹿牙酒吧出現大螢幕電視，這並非第一遭。早在一年多前，銀毫已經購進特大尺寸的平板式電視，但兩位老闆只在曲棍球與法國自由車賽方酣時才肯開機。這兩位姓名帶法國味的兄弟從魁北克輾轉搬來麋鹿牙定居，原因不明，而他們的酒吧是全懷俄明唯一播放環法自由車賽的一間。七月大賽進行期間，書蛀蟲爾文．漢蓋特居然拋棄丕微整整一個月。賽事結束後的幾星期，他的言談夾雜著聽似法文的字眼，滿口是杜埃阿爾卑斯與伽利比爾坡段，淨講一些麋鹿牙鎮民沒聽過的地名。偉利．胡森曾進去湊熱鬧一兩次，憤慨地說，「他們老是提『鵜鶘』這字，聽也聽不懂。」[2]

新電視播出的一個節目卻爲阿曼達提供大好點子。她直接從酒吧打電話給母親。

「媽，我不是有表哥表姊住在佛羅里達嗎？」

「有啊，我姊姊尼娜在西嶼附近經營小旅館。爲什麼問？」

「沒什麼啦，只是想去佛羅里達度個假，聯絡一下也好。」

「太好了。妳想什麼時候去？我也想去那邊住個一禮拜。我很想去看看姊姊。她一定可以讓我們住免費。」

「喔，我只是想想而已啦，其實沒錢去。」她才不想陪母親同遊佛羅里達。「明年存夠了錢再說。乾脆妳先跟我說她家的地址好了。她不是結了婚，也生了小孩嗎？」

「她嫁給一個開冰淇淋店的男人。那邊天氣熱，觀光客也多，賣冰淇淋的生意好做。他們生了三個小孩，現在當然已經長大了。老大叫沃特，賣保險，老二是瑪妮，住在勞德代堡。老么叫什麼名字，我記不起來了。老是惹是生非的那個。想起來了再說。」

後來母親來電說，老么名叫當恩，從事操作重機械的工作，目前單身，不過已經變乖了。他們的電話一個也不缺。母親又說，妳阿姨一聽母女倆明年會去看她好高興，還說她們當然可以在小旅館住幾天，而且gratis。「她用的是這個單字沒錯，意思是『免費』。」

週末一到，阿曼達致電佛羅里達的表哥當恩，因爲他的背景最耐人尋味。她先自我介紹，描述麋鹿牙的環境，然後說出她與魚鉤母牛之間的冤仇，進而說明自己的點子。他笑著說行得通，貴就貴在運輸費用，不過他認識兩三個卡車司機，可以幫她打聽打聽是否有人最近會路過懷俄明。動動腦筋的話或許不難解決。

同一天晚上他回電了。「竟然一問就問到了，」他說，「有一批相關貨物正要北上加拿大的卡加利，司機說他可以繞到懷俄明一下，條件是妳得找個他方便碰頭的地方，以免他浪費太多時間。他說了一個卡車休息站的名稱，我不知道怎麼念，拼法是GILLETTE。」

「念做吉列特，」阿曼達說。「G的發音像Jack和Jill。」

「他說那邊有間很大的卡車天堂餐廳。他禮拜天晚上十點半左右會到。他的車是不鏽鋼大貨櫃車，紫色帶珍珠光澤，一邊漆著『紅丘生物運輸』，畫了幾隻海豚。他大概希望妳能賞些甜頭，一百元意思意思。」

「就這麼說定了，」阿曼達說。她焦急的是星期天晚上怎麼請假。老闆絕對不放人。

然而老闆欣然准假。有位義消新買了一片美式足球賽的DVD，收錄了一九五〇年代的經典賽事，原本粗顆粒的黑白影片經過重新處理錄製，老闆迫切想欣賞。新電視附帶DVD播放功能，老闆打算星期天晚上不開店，而且不希望阿曼達在一旁頻頻擦桌拭吧台干擾看片的興致。男士之夜。他打電話通知消防隊的死黨，然後向位於沙克的匹薩店訂購十二張辣味香腸加洋蔥來大打牙祭。不必外送，有人會過去拿。

前往吉列特的路途遙遠。阿曼達開了六小時的鄉間小道與山路，終於來到野牛鎮的九十號州際公路。出發前她清空了小卡車的後面，而且顧及即將上車的貨物，她也加裝露營車的防風篷，以降低風寒指數。她在九點抵達卡車天堂，入內後點了一客本日特餐：大盤薯條、炸鯰魚、生檸檬尖瓣、一包冒牌韃靼醬——材料是美乃滋加調味醬。餐廳裡滿是卡車運將，牛飲著咖啡，大嚼著餡餅。阿曼達也點了一份檸檬蛋白酥皮，滋味卻像攙了砂糖的韃靼醬。

十點過了幾分，紅丘生物運輸公司的卡車停進後院的重型車場，司機是個留了八字捲鬚的老人。

他跳下車問，「葛立布小姐是嗎？」

「對。叫我阿曼達就好。謝謝你這麼麻煩。」

「樂意之至。那輛是妳的車嗎？」他以不表贊同的眼光看著小卡車。「希望裝得下兩個大箱子。妳找得到人幫我卸貨嗎？」

「我來就行，」阿曼達邊說邊展露雙頭肌。

然而第一口箱子非常重，兩人極力掙扎，不想讓箱子墜地。名叫尼爾的這位司機只好離開一下，走進餐廳，帶來兩個腳踩牛仔靴的大猩猩。不到一分鐘，兩口箱子已經移到她的小卡車，以粗繩緊緊繫牢。阿曼達給兩位幫手一人十元，然後將捲成圓筒狀的百元鈔票塞給尼爾。她的帳戶已經清空，只待發薪日到來。

她開車回麋鹿牙途中速度儘量放慢。凌晨的天色太暗，她不能關掉車頭燈，但開了燈又怕照得路上野鹿不敢動，而微明的天色也讓車頭燈不太管用。

回到家時，她開進車道，只見兩頭母牛，但小溪對岸則聚集了一大群，作勢聯手進擊。她拉著上面的一口箱子卻拉不動。薑黃牛站在對岸扭頭，彷彿以瑜伽運動來活絡筋骨。阿曼達不再猛拉箱子，反而轉身奔進貨櫃屋，按了一組熟悉的電話號碼。兩年前她與魁爾．吉蒙金斯基交往時，兩人常以電話聯絡感情。

「搬箱子？阿曼達，現在時間是六點零四分哪。我還沒起床。我還沒清醒。我還沒喝到咖啡，我還沒穿好衣服——妳運來了兩個什麼？我非看不可。我馬上過去。泡點咖啡準備。」

兩口箱子在晴朗的懷俄明晨光中並排而立。阿曼達手持拔釘器，魁爾手持帶爪鐵錘，拔除了箱尾最後幾根鐵釘，拖出兩只又長又重的帆布袋，然後一路拖至狗耳溪畔。薑黃牛與兒子，以及眾多黑色跟屁蟲紛紛聚攏過來，踏進溪水中。

「鬆開袋子上的繩子，」阿曼達的嗓音低沉而緊繃。幾乎就在同一時間，兩個長長的嘴巴從帆布袋裡冒出來，數千年來首度出現懷俄明水域的鱷魚就此衝入溪水，直朝薑黃牛前進，裝甲車似的身體在水面泛出波紋。

「哇，妳看，」魁爾說。

千里迢迢從佛羅里達運來，鱷魚的胃口旺盛到了極點。雖然薑黃牛從未見過鱷魚，這兩條生物的外觀與氣味卻驚醒了牠前世的本能。這可不是雨傘啊！牠掉頭游回對岸，狂奔上坡，如火車頭般衝過魚鉤牧場的圍籬。

「快一點啦，姊妹！」阿曼達尖聲嚷嚷。

「天啊，」魁爾對她的愛意幾乎死灰復燃，「有這種好戲看，一大早被吵醒也值得。只不過，冬天的時候怎麼辦？趕進妳的貨櫃屋過冬嗎？」

她笑著說，「這兩條鱷魚是租來的。九月要運回佛羅里達去。我認識一個卡車司機，到時候他會過來載。想喝咖啡了嗎？」

---

1：Johnson County War，1892。

2：偉利將 peloton「主集團」誤聽為 pelican「鵜鶘」。

# 惡土

作　者—安妮·普露
譯　者—宋瑛堂
副總編輯—葉美瑤
編　輯—黃嬿羽
責任企劃—黃千芳
校　對—余淑宜、黃嬿羽
董事長
發行人—孫思照
總經理—莫昭平
總編輯—林馨琴
出版者—時報文化出版企業股份有限公司
10803台北市和平西路三段二四〇號三樓
發行專線—(〇二)二三〇六—六八四二
讀者服務專線—〇八〇〇—二三一—七〇五·(〇二)二三〇四—七一〇三
讀者服務傳真—(〇二)二三〇四—六八五八
郵撥—一九三四四七二四時報文化出版公司
信箱—台北郵政七九~九九信箱
時報悅讀網—http://www.readingtimes.com.tw
電子郵件信箱—liter@readingtimes.com.tw
法律顧問—理律法律事務所　陳長文律師、李念祖律師
印　刷—盈昌印刷有限公司
初版一刷—二〇〇七年五月十四日
定　價—新台幣二五〇元





ISBN 958-957-13-4650-2
Printed in Taiwan

國家圖書館出版品預行編目資料

惡土／安妮．普露（Annie Proulx）著；宋瑛堂譯. -- 初版. -- 臺北市：時報文化, 2007〔民96〕

面；　公分 . --（大師名作坊 ；103）

譯自：Bad dirt

ISBN 978-957-13-4650-2（平裝）

874.571　　96006043